PASSÉ SOUS SILENCE

DU MÊME AUTEUR

Le Ventre de la fée, Actes Sud, 1993
L'Elégance des veuves, Actes Sud, 1995 ; Babel n° 280, 1997.
Grâce et dénuement, Actes Sud, 1997 ; Babel n° 439, 2000.
La Conversation amoureuse, Actes Sud, 2000 ; Babel n° 567, 2003.
Dans la guerre, Actes Sud, 2003 ; Babel n° 714, 2005.
Les Autres, Actes Sud, 2006 ; Babel n° 857, 2008.
Paradis conjugal, Albin Michel, 2008 ; Babel n° 990, 2010.
Passé sous silence, Actes Sud, 2010.

ISBN 978-2-330-01058-4

ALICE FERNEY

PASSÉ SOUS SILENCE

roman

BABEL

à mon père, Christian

Il n'appartient qu'aux grands hommes d'avoir de grands défauts.

FRANÇOIS DE LA ROCHEFOUCAULD,
Maximes.

Peu de destins individuels demeurent longtemps éclairés par l'Histoire. Cet ensevelissement des noms et des hommes dans le passé paraît plus injuste lorsqu'ils ont enduré une guerre. Pourtant, cette convulsion historique, qui fait drame dans leur vie, ne change rien à l'oubli promis aux héroïsmes anonymes. Surtout si les braves combattirent pour une cause perdue, ou, pire, à qui l'avenir ne donnera pas raison : moins légitime que ne l'avaient dit leurs chefs. Le temps, dont ils furent la matière, passe à autre chose, trouve ses fibres neuves. La passion de ce qui fut s'émousse. L'intérêt s'estompe. La mémoire se polarise. La violence des événements se dissipe. L'actualité renouvelle les objets de l'attention. La connaissance des êtres – ce qu'ils ont fait, la manière dont ils l'ont fait – disparaît. Combattre sans déroger à l'honneur ne peut relever de la pensée qu'on a de la postérité. C'est le choix intérieur d'un homme dans un instant. Quelles que soient sa grandeur, sa souffrance ou sa consternation, elles seront oubliées, comme le sont les affaires privées, qui par nature restent inaccessibles. Car les gestes minuscules, les pensées, les sensations les plus profuses, les désarrois, les peines, n'ont cours que par celui qui les initie, les éprouve, et souvent les tait. L'ignorance du détail personnel accompagne la mémorisation historique.

Il est plus aisé de consigner la guerre en général que la guerre d'un seul soldat.

Les mémoires familiales ne pactisent pas avec l'oubli. Ayant accès aux secrets intimes, elles les sauvegardent. Les descendants d'une lignée peuvent se rappeler un cheminement, une petite gloire, un tourment qui fut inutile, une torture restée ignorée. Leur témoignage rapporte ce qui fut subi et mené par un homme. Pour un enfant à l'écoute, vierge de défaites et de récits, un parent dira : Ton grand-père a eu la Légion d'honneur à titre militaire (il faut le préciser, car le présent, si éloigné des circonstances et de la valeur des sacrifices, en galvaude les récompenses). Ton grand-père avait aussi telle médaille, telle croix, qui résument l'itinéraire de son courage.

Le monde ne connaît plus grand-père. Il y a des millions de grands-pères oubliés, soldats qui découvrirent la guerre réelle après avoir rêvé une guerre imaginaire. Ils criaient dans les embuscades, se tourmentaient d'avoir tué, pleuraient leurs compagnons morts. Un cadavre mutilé, ils pressaient deux mains sur leur bouche. Ils sont morts. Chacun, pour l'Histoire, est englouti, déshabillé dans l'énorme chiffre des pertes.

L'oubli est la grande vérité de l'Histoire : sa trappe la plus cruelle. Beaucoup de héros honorables, comme beaucoup de faibles, de lâches, et même de traîtres, tombent dans l'oubli. La qualité ne fait rien à l'affaire. Leur nom n'est plus prononcé, connu ou écrit par personne, alors même qu'ils vécurent l'Histoire dans de si vives souffrances qu'elles méritent une commémoration nominative. Peu l'obtiennent.

Sans doute faut-il, pour inscrire son patronyme dans les livres et les manuels, s'approcher au plus près de l'Etat, détenir ses secrets, ou bien *être* l'Etat, le représenter aux yeux des citoyens et au sein du monde, connaître et se mêler des questions qu'il traite. Tel est le cas des deux figures de cette histoire, le colonel et le général, qui dans le temps d'une fracture, d'un basculement qui devient cataclysme, après un éclair de feu à la tombée du soir, dans la lumière incertaine qui confond les chiens et les loups, s'affrontèrent jusqu'à ce que mort s'ensuive.

Leur rencontre est un duel singulier et fatal. Les idées, les mots et les armes y tiennent une place égale. S'y mêlèrent le courage passionné d'un homme et la raison d'Etat, la conviction obstinée d'un accusé et la rancune d'un chef, la droiture d'un jeune officier et le machiavélisme d'un meneur politique, la pureté d'un conjuré et l'intransigeance d'une personnalité couronnée par son passé. Deux caractères d'exception, l'un idéaliste et l'autre réaliste, se toisent avec la même rigueur (et une non moindre vigueur) d'un bord à l'autre d'un événement tragique, dans une tourmente qui semble ne pouvoir trouver qu'une fin sanglante et partielle. Frères jumeaux aux extrémités d'un temps, ennemis dans le présent, tous deux pareillement époux, pères, patriotes, officiers de l'armée au service de leur pays, intègres par éducation, aristocrates de l'esprit, mais qui n'atteignirent pas le même degré de pragmatisme, s'opposent sur le terrain de l'Histoire qui se fabrique.

La géométrie et l'issue de cet énigmatique engagement d'un homme contre un autre s'enracinent dans les dernières convulsions de l'Empire, quand des formes qui semblaient naturelles deviennent intolérables. La tragédie que jouèrent le colonel Donadieu et le général de Grandberger, en marge de l'avancée des choses du monde et sans jamais l'infléchir (l'un refusant d'y croire et l'autre tirant du jeu l'épingle de son pays), qui fut à la fois extravagante et prosaïque, insignifiante et emblématique, appartient aux accidents de l'Histoire, aux crimes des temps révolutionnaires, aux grands souvenirs de l'Empire, dans ce moment où il refuse de mourir, quand sur la Terre du Sud se réveille l'âme d'une nation.

Par les diableries d'un souverain outragé, par sa machination judiciaire (qu'une narration partisane a refoulée aux bords du récit qu'elle en donne, renvoyant la victime dans l'espace nébuleux d'une improbable folie), un homme est mort qui faisait honneur à son pays. La salve a claqué dans l'air mouillé de l'aube. Le peloton s'est retiré pour toujours. Le silence d'une honte entoure ce sacrifice. C'est de cet épisode qu'il convient de faire la chronique, sans laquelle le temps pourrait le disputer à la mémoire.

I

LE DÉCHIREMENT

1

L'action de pacification envenimait la Terre du Sud. Sous le soleil, malgré les rivages phosphorescents de la mer, l'ambiance était militaire. Dans chaque village, dans toutes les campagnes, dans les montagnes, l'Empire infiltrait ses soldats, alertés et oisifs, fusil en bandoulière, trimballant dans la rousseur des paysages sans limites la funeste tenue kaki, décolorée par la lumière et la poussière que soulevaient leurs godillots. Des hélicoptères déposaient, des camions transportaient, des radios reliaient, tout un bazar technique accompagnait la chorégraphie de l'armée qui s'installait. Par-delà les rivages, le Vieux Pays surveillait l'affaire qui enflait, dépêchait des troupes, et se parlait à lui-même. *L'armée est occupée à rétablir l'ordre.* Tel était le discours officiel qui informait tout citoyen de l'Empire. Avec circonspection le langage composait la falsification du réel. Dans ce jeu subtil de manipulation et de vérité, d'espoir et de résignation, de contingence et de nécessité, les mots étaient cruciaux : troubles insurrectionnels, émeutes, soulèvements, actions de rébellion, opérations de police, répression. Personne ne parlait de guerre. La guerre ! Le mot n'était ni prononcé ni écrit. Sincère encore, acculé par de récents échecs, aveuglé par son idée, le gouvernement défendait l'intégrité du territoire. Le fait devait donc être clair et martelé : des unités coloniales de l'armée réprimaient des actions terroristes localisées. Rien de plus.

Pourtant il ne s'agissait plus d'attentats sporadiques. De l'est à l'ouest, l'action était coordonnée sur l'ensemble de la Terre du Sud. Les casernes, les fermes étaient attaquées, les récoltes incendiées, les colons assassinés par des bandes armées organisées. Au fond des gorges, sur des kilomètres de routes désertes, dans la poussière et les pierres que tout véhicule faisait jaillir, des voyageurs étaient abattus. Les rebelles surgissaient la nuit. Nul ne les voyait, sinon pour, au moment de mourir, découvrir leur impitoyable résolution. Il fallait barricader les domaines, rentrer les animaux, installer des guetteurs. Plus personne ne se sentait à l'abri. La vie était empoisonnée. Son accomplissement paisible avait couvert des injustices : les indigènes mouraient de faim, ils choisirent le sang. Avaient-ils moins de cervelle parce qu'ils étaient indigènes ? Ils pensaient aux choses qui étaient et à celles qui auraient dû être. Ils pensaient en ébullition. Le serpent d'une idée avait piqué quelques sujets et diffusait un venin qui se répandait : en finir avec la domination blanche, réduire en cendres le vieux monde. Dans la capitale lumineuse au bord de la mer, au même moment, en des lieux stratégiques, des bombes artisanales explosaient. Ce synchronisme calculé racontait que quelque chose se passait, comme la voix des partisans qui émettaient sur les ondes. *L'insurrection est lancée. La liberté sera conquise. Aujourd'hui la Terre du Sud, portée par ses enfants libres, commence à vivre une vie honorable.* Dans l'automne qui les voyait surgir, ils étaient moins de cinq cents. Le monde n'avait pas encore entendu parler d'eux. Mais leur conspiration libératrice s'engageait sans hésitation ni romance dans la lutte armée. Une foi irréductible dans leur Patrie qui devait naître, allait affronter l'ancien système.

Les colons appelaient au secours. Par quel démon étaient-ils menacés sur la terre qu'ils aimaient ? Comment quitteraient-ils ce qu'ils avaient créé ? Ils disaient : Avant nous il n'y avait rien. Ce qui existe ici aujourd'hui est à nous. Leur droit sur ces hectares – vergers, champs, bétail, hommes et maisons – était inaliénable. Ils étaient sûrs de leur fait. Ce satané pays était aussi le leur. Parfois, parlant des indigènes, ils disaient : ces bons à rien. Ces bons à rien avaient pris les armes. Les complicités d'antan s'étaient envolées. Les enfants autrefois emmêlés dans leurs jeux rejoignaient leur camp. Dans les plantations isolées, les colons bouclaient leurs maisons et dormaient le fusil à côté du lit. Chaque jour leur donnait des raisons d'être terrifiés, ils pleuraient comme des enfants, protestaient et trépignaient : leurs biens devaient être sauvegardés et garantis, l'Empire leur devait sécurité et protection. N'appartenaient-ils pas eux aussi au Vieux Pays ? Ils en avaient porté les lumières jusque sur cette terre desséchée qu'ils avaient irriguée d'une sève honorable comme la civilisation qu'ils incarnaient ! Maintenant ils réclamaient "l'état de siège". Mais puisqu'il n'y avait pas la guerre, l'état de siège ne pouvait pas être ! rétorquait le gouvernement. C'était le commencement innocent d'une criminelle indifférence aux dangers encourus.

Le temps qui filait comme l'eau entre les doigts ne prodiguait aucune sagesse aux deux parties. Les rebelles voyaient de plus en plus grand : dans l'été brûlant, ils lancèrent les populations civiles contre l'armée. L'Empire n'avait de cesse de museler et de punir. La force la plus brutale répondit à l'insurrection folle. Les morts ne furent pas comptés.

L'état d'urgence fut décrété. Le couvre-feu fut instauré dans toutes les grandes villes de la côte. Châtier les coupables, faire des exemples, restaurer l'ordre par une répression immédiate étaient les préoccupations d'une police pour qui la rébellion était plus intempestive que significative. Une guerre d'indépendance venait de commencer, personne ne le savait, ni l'occupant, ni le peuple qu'elle prétendait libérer mais qui, alors, ne demandait rien.

Partout dans le monde, l'impérialisme prenait fin. Une flèche déposait sa direction sur la civilisation : vers la liberté des peuples. Sous l'effet de forces historiques irréversibles, l'Empire devenait une chose caduque, insupportable à ses sujets. Mais ce genre de vaste mouvement de l'Histoire enténèbre le temps qui les porte. Il n'y a pas de naissance immaculée. Le passé avait formé une chair commune qu'il faudrait déchirer. L'indépendance se gagnerait dans le sang. C'était d'une amputation qu'il s'agissait. Sur la Terre du Sud, un million de soldats allaient mourir.

Tel avenir n'était pas encore lisible. Des éléments demeuraient impensables à toutes les coalitions. L'intégrité du territoire, l'unité de l'Empire, le sentiment irrécusable qu'il animait, l'attachement à toute la Terre du Sud, la fidélité au Vieux Pays, barbouillaient la carte du présent de passion, d'ardeur patriotique, de soumission et d'espérances, de sauvagerie belliqueuse. Des hommes des deux cultures, des deux couleurs, des deux religions, avaient creusé leur place sur les deux terres. C'était un vieil emmêlement dont le nœud était serré. Les indigènes devenaient un enjeu que se disputaient rebelles et loyalistes : de part et d'autre il fallait les convaincre, les rallier, les protéger. Beaucoup d'entre eux ne savaient dans quel camp ils étaient : le passé et l'avenir ne leur soufflaient pas la même chose. Qui demain serait leur maître ? Le Vieux Pays et la Terre du Sud, que le siècle avait liés, ne regardaient pas dans la même direction.

2

Toi, Paul, tu regardais ce monde en insurrection. Toi encore si loin de te mêler à l'action ! Tu étais le futur héros tragique de ce moment historique. Tu l'ignorais. L'agitation du présent, la fièvre qui montait et que rien n'endiguerait, la rancœur et l'esprit de vengeance qui se sédimentaient, ne t'avaient pas encore empli de tristesse et de colère. Tu n'avais pas désigné la figure de l'adversaire, ni la nature du dommage que causerait son cynisme. Tes actes étaient au futur : inadvenus. Ils se déploieraient comme une fleur noire dans la vase de l'Histoire. Dans une poignée d'années, tu tenterais l'opération qu'aucun militaire, le plus chevronné, le plus dégoûté ou enragé, n'avait envisagée. Tu prendrais les armes et la parole.

Car tu venais d'un temps et d'une manière qui forgeaient une morale avant toute chose. Ton père t'avait enseigné que l'honneur et la Patrie étaient plus précieux que la vie, la joie, l'amour, la famille, le désir, l'argent. Tu n'avais pas appris l'intérêt personnel. Tu savais agir en conscience, t'engager dans ce que tu faisais, tenir ta promesse, te donner du mal, croire en l'aide de Dieu et le prier. Dans une de ces maisons qui sont soumises à la loi des pères et adoucies par la diligence affectueuse des mères, tu avais connu l'autorité, le respect dû aux anciens, l'effort pour acquérir vertu et connaissance. A ton âge, en pleine jeunesse, sur la première lancée de l'existence, tu avais passé l'essentiel de ta vie à étudier. Doué de grandes aptitudes intellectuelles, tu étais devenu un scientifique. Si peu terre-à-terre, tu étais plus apte à penser qu'à agir. Jamais tu n'avais tenu une mitraillette ! Tu connaissais les salles de classe, les cours magistraux, les bureaux d'études. Tu n'avais rien d'un chef d'armes. Et un jour tu voudrais te mêler à l'action ? Un commando se formerait à ton initiative ? Ce projet était peut-être écrit quelque part dans ton cœur, que perçait la souffrance injuste ou inutile, ce n'était ni advenu ni imaginable.

La répression s'alourdissait sur la Terre du Sud. Le Vieux Pays y proclamait sa souveraineté. L'Empire était une priorité autant qu'une évidence. Le gouvernement en était le garant. Tu n'avais pas à entrer dans une conjuration. Tu étais éloigné de tous les mouvements politiques ou activistes. D'ailleurs tu demeurais un être solitaire, méditatif, qui ne se laissait pas enrôler.

A la fin d'un été, pourtant, tu interviendrais. Comme si les engagements étaient les impulsions élaborées en secret dans la cathédrale d'une vie, aux dépens de celui ou celle qui s'offrait tout à coup à l'action.

Pour l'heure ton destin semblait plus simple et paisible. Si parfait même ! Une ligne pure, du balbutiement vers l'accomplissement, de l'enfance vers l'âge d'homme. L'envie d'agir par la force t'était étrangère. Tu te montrais le plus doux des garçons, un compagnon tendre, un frère sensible. L'idée de l'action politique ne t'avait pas envahi. Mais on pouvait percevoir déjà combien tu étais impressionnable. Ta vie s'élaborait sur des succès mais les drames des autres suscitaient en toi un émoi incoercible. Tu vibrais. Tu connaissais la valeur de la joie et celle de la vie. Tu avais connu le plus grand des deuils, celui de l'enfant qui perd sa mère. Tu avais donné la main à ton père en larmes, debout devant une tombe ouverte. Tu savais la peine immense qui attrape les jours dans sa main sèche et les étouffe. Tu étais plein de secrets, d'émotions tues, de peines enfouies. Tu étais en intériorité, en recueillement, réfléchi, unifié, malgré ta jeunesse.

La foi du centurion illuminait ton cheminement. Tu disais : J'ai reçu la grâce de croire, qui me donne force et unité. Tu étais confiant lorsqu'il s'agissait de Dieu, presque fanatique. L'expérience spirituelle rassasiait tes pensées. Tu priais chaque jour longuement, tenu par cette discipline. Perdre la foi était perdre la vie. Tu étais un homme qui croit : Dieu, l'Eglise, les sacrements, la nature de l'homme, la vérité et la parole donnée. Au sein des groupes de prière, c'était ta voix que suivaient les autres. Simple jeune homme, brillant et probe, prometteur mais inconnu, tu possédais le charisme de ta profondeur. Tu étais comme tapi avec ton talent dans l'obscur cocon de la jeunesse. Dur à la peine, dur au mal, comme on le disait alors, tu étais héroïque et immaculé (deux choses qui ne vont pas ensemble). Et ce qui allait éclore était foudroyant d'intégrité : Paul Donadieu, régicide.

3

Important, imbu dans son costume bleu marine disqualifié par le ciel et le soleil, arrivé tout droit de la métropole, dominateur, le ministre se montre à la fois rassurant et menaçant. Rassurant : que les populations ne s'inquiètent pas, l'ordre sera maintenu. Menaçant : ce sera par la force. L'homme politique aéroporté, si étranger, trop citadin, met en garde ceux à qui s'adresse l'appel des rebelles. Sous d'épais sourcils, ses petits yeux se plissent dans la grande lumière. Le Vieux Pays l'a envoyé porter en Terre du Sud son message de force et d'autorité.

Il est debout sur un monticule sablonneux, entouré de sa délégation et des officiers de l'armée locale. Il s'adresse à des hommes perdus, qui ne savent ni lire, ni écrire. Ceux-là ignorent comment il se nomme. Sa fonction, sa vie, ils s'en moquent. Le ministre se tient campé sur le nom de l'Empire et son invisible prestige, et son pouvoir de terreur, au cœur du pauvre monde que figure cette campagne désertique, laissée pareille à elle-même par ses prétendus bienfaiteurs. La scène n'est pas glorieuse. Devant la tige d'un micro de fortune, courroucé et sérieux, enflé de sa parole, sûr de sa mission, l'homme d'Etat s'appesantit sur l'erreur à ne pas commettre : épouser l'idéal indépendantiste, suivre ou aider les rebelles. Toute action contraire à l'intérêt de l'Empire sera sévèrement sanctionnée. Cela va sans dire. Mais mieux vaut le dire : *Un mouvement de rébellion cherche à lever le peuple contre l'Empire. Habitants de la Terre du Sud, comprenez que vous devez nous aider. Sans quoi vous vous exposez à souffrir cruellement. Ceux qui ne sont pas avec nous sont contre nous. Ceux qui agissent contre l'ordre, par la force des choses et malgré notre volonté, courent des risques énormes.* Les hommes écoutent, visages au chaud du soleil, en haillons, misérables. Bien sûr ils ne soufflent mot. On entend la chaleur. Leurs regards s'évadent. Un soldat en faction cherche vers l'horizon ce qu'ils regardent. Il ne trouve rien.

Le ministre regarde autour de lui. Il parle posément (il pontifie), sans prendre garde à la violente fausseté de ce qu'il dit. C'est déjà la phrase éplorée, perverse, du tortionnaire qui susurre et menace. Pourquoi m'obliges-tu à te faire mal ! Crois-tu que cela m'amuse ? Parle ! Mais parle donc ! Les sous-entendus du ministre sont extravagants. Quels risques énormes courent donc ceux qui aident les rebelles ? La peine de mort ! Pourquoi ne pas le dire ? Et pourquoi dire *malgré notre volonté* alors que c'est par elle ? Sa voix trahit l'orateur, qui ne sonne pas juste, n'a aucune clarté, pas d'élan, pas de grandeur. La voix est plus navrante encore que le discours. C'est pourquoi les risques sont énormes : parce qu'il n'y a, du côté de l'Empire et de l'Etat, ni noblesse, ni franchise. Le ministre est aussi dangereux qu'il est flou. Derrière lui, cachée, se profile la haute silhouette noire de la guillotine. Jamais elle ne fonctionnera davantage qu'en ces années. Le messager termine, énonce sa décision irrévocable, sa conclusion sans ouverture. La Terre du Sud appartient à l'Empire. Le gouvernement y exerce sa pleine autorité. Pleine et entière, il le dit deux fois.

De retour en métropole, dans les conforts innombrables du Vieux Pays, il fera d'autres discours, des déclarations qui répéteront partout cette idée. L'Empire entend bien conserver les pleins pouvoirs sur la Terre du Sud. Qu'on se le dise !

4

Le ministre avait exprimé ce que tu pensais. L'alliance de la Terre du Sud avec le Vieux Pays était indéfectible : une solidarité tissée par l'Histoire, bénéfique, qui avait lié des frères sur les deux territoires. Toute forme de racisme te faisait horreur. Mieux que ceux qui ne croyaient en rien, tu respectais ceux dont le Dieu n'était pas celui des chrétiens. Tu jugeais qu'un pays, c'est une âme. Le Vieux Pays avait étendu ses principes spirituels sur la Terre du Sud. C'était une bénédiction. Il fallait convaincre ceux qui voudraient faire défection que tel n'était pas leur avenir.

Au jour le jour tu suivais les dépliements du conflit, son expansion, ses répercussions, et tout alentour le vaste mouvement des commentaires. Du fond de ton cœur tu déplorais ces atrocités. Mais se battre te semblait légitime quand il s'agissait de défendre des familles contre une minorité violente qui les attaque. La violence qui accablait les colons, l'identité avide dans laquelle peu à peu l'air du temps les enfermait, te révoltaient et te bouleversaient singulièrement. Chaque crime, chaque épisode, chaque répression trouvait en toi une chambre d'écho. Tu te sentais solidaire de ceux qui perdaient leur vie. Mais on eût dit que tu n'avais jamais pensé aux indigènes à qui aucune vie n'était donnée. Tu oubliais la guerre de colonisation, longue et sanglante.

Tu lisais, tu réfléchissais, tu écoutais. Une trace de sourire aux lèvres, la tête un peu penchée, tu envisageais par toi-même. Tu affermissais ce que tu pensais jusqu'à pouvoir en être certain. Tu étais passionnément attaché à l'ancien monde et plein de colère contre les idéologies, celle de l'Histoire par les techniques, le monde sans dieu, la dilution des rôles, la haine de la propriété. Tu étais persuadé que l'Empire était une configuration accomplie et prometteuse. Que voulait la Terre du Sud que l'Empire ne pût lui offrir ? Le Vieux Pays n'était-il pas disposé à accorder le droit de vote, la pleine citoyenneté, et sa culture pour tous les enfants ? Pour rien au monde tu n'en aurais démordu. Tu ne croyais pas à un sens de l'Histoire indépendant de la volonté des hommes. Et de quels hommes d'ailleurs ? Tu étais citoyen du Vieux Pays, attaché à ses valeurs, amoureux de son patrimoine, convaincu que ce qu'il donnait était bon.

A la base militaire, où tu te montrais un collègue chaleureux, qui participait volontiers à la vie sociale, jouant au tennis (plutôt bien), au bridge, tes amis déjà évitaient le sujet de la Terre du Sud. Sur ce point tu te montrais intraitable et passionné. Tu étais un conservateur : tu percevais et admirais la beauté des formes du passé et souhaitais les faire perdurer, sans être capable d'en imaginer d'autres pour un avenir différent. Que voulaient donc ces rebelles ? Pouvais-tu seulement l'envisager ! Comment ces gens ne se sentaient-ils pas citoyens de l'Empire ? Tu ne pouvais le comprendre. Si affecté par les souffrances des colons, ignorais-tu celles qu'enduraient les indigènes ? Vexations, exactions, expropriations, vols, abus, révoltes et répressions, tu semblais idéaliser cette cohabitation qui mêlait violence, assujettissement et inégalité. Homme de conviction, tu étais attaché à tes idées. Minutie, réserve, obstination, contribuaient à les forger au-dedans et à les défendre au-dehors quand tu le jugeais nécessaire : l'Empire devait résister, il était le seul avenir que tu voulais pour tes futurs enfants. La force de l'Empire protégeait le Vieux Pays dans la lutte du monde entre les deux blocs. Qui s'emparerait de la Terre du Sud si l'Empire l'abandonnait ? Tu étais l'un des nombreux hérauts du passé glorieux. Tu irais jusqu'au bout de ta vie, pour l'honneur et la fidélité à ce passé.

5

Les maquisards n'avaient pas l'appui des populations. Le peuple indigène ne les connaissait pas. Les tracts circulaient. *Debout ! Secoue ton joug ! Offre ton sang pour ta liberté. Ne te désintéresse pas de la lutte ! Ne contrarie pas l'action, sinon tu mourras !* Les maquisards installaient la terreur. La guerre était civile. Que faire de ceux des leurs qui étaient attachés à l'Empire ? Plutôt les assassiner que les voir servir l'oppresseur. Par la force et la mort, les rebelles retournaient les villages à la cause de l'indépendance. A plat ventre, les yeux dans ses jumelles, le caporal Touzin l'expliquait au nouveau lieutenant : Tu vois le village là-bas ? Il est en demi-pension comme on dit. L'armée le contrôle le jour mais pas la nuit. Les habitants font la navette. Tu sais, ils en perdent la tête. Ils sont pris entre les deux armées. Ils paient tous l'impôt révolutionnaire. Ils ont pas le choix. Après, nous on se pointe, et on vient les faire causer. C'est pas davantage une rigolade. Tu comprends ? C'est l'action de pacification ! On fouine, on menace, on donne des tapes : on fait du renseignement.

Le peuple de la Terre du Sud se scindait. Les indigènes conquis à la cause rejoignaient le maquis, d'autres gardaient leur foi dans les promesses du Vieux Pays. Des maquisards faits prisonniers étaient contraints de trahir les leurs. L'affrontement fracassait les indigènes : égorgements, défigurations, impôt forcé et razzia d'un côté, interrogatoires, répression, suspicion de l'autre. Il n'y avait pas d'issue. Chaque homme était le traître d'un camp. Chaque homme jouait sa vie en choisissant où s'allier. C'était un pari vital. La question était celle-là, si simple et pourtant insoluble : qui de cette guerre serait le vainqueur et de cette terre le maître ? L'avenir était effrayant. Comment esquiver tant de menaces ?

L'armée protégeait les populations civiles contre les rebelles. Ici, des soldats aidaient des ouvriers à labourer. Là, d'autres escortaient des enfants vers la nouvelle école. A toutes les séances de cinéma, en Terre du Sud aussi bien qu'en métropole, avant le film, les informations diffusaient ces images-là. Le propos envahissait l'espace éloigné de la guerre. On voyait les soldats rire, danser, parler. Jamais évidemment on ne les voyait mourir. Pacification, ils n'ont que ce mot à la bouche ! Ce discours officiel faisait rigoler jaune le caporal Touzin. La pacification qui avive la guerre..., murmurait-il. Il mima un sursaut, étonnement et censure tout ensemble. Qui parle de guerre ? Y a pas de guerre ici ! dit-il en fixant dans les yeux le jeune lieutenant, tout juste arrivé de la métropole. Son regard insistant disait : C'est la guerre ici, tu vas tomber des nues. Le capitaine Barrès ne disait rien, qui portait le deuil du précédent lieutenant, tué la veille de sa quille, dans une embuscade. Le capi taine Barrès non plus n'en pensait pas moins, qui se demandait sur quel pied ils dansaient, chassait les questions morales et obéissait aux ordres. Un serment de sang et de fraternité le liait au caporal. Avant cette guerre ? Une autre guerre, qu'ils avaient perdue côte à côte, et la mémoire envenimée des morts qu'ils avaient laissés dans la boue d'une saison des pluies. Le nouveau lieutenant était un volontaire. Au civil il était ingénieur, marié, et père d'un petit garçon. Quelle drôle d'idée d'abandonner des choses pareilles ! pensait le caporal. Qu'est-ce qu'on racontait au-delà de la mer pour donner envie aux pères de famille ?

Les couleurs du drapeau pendouillent dans le soir sans vent. Blanc pour l'honneur, pense le capitaine. La terre est d'un rose doré comme celui des pétales fanés. L'air chaud se matérialise, teinté d'une lueur qui emporte le blanc vers le jaune. Jaune pour quoi ? Est-ce que c'est pas la couleur des cocus ? plaisante le caporal.

La couleur de la tromperie, confirme le lieutenant.

6

Les cloportes ! Les cancrelats ! *Ils* pourrissent tout ce qu'*ils* touchent ! Et on vient me voir ! Que voulez-vous que je raconte ? Nous sommes gouvernés par des incapables. *Ils* perdront la guerre et la terre ! *Ils* perdront tout ! Sauf ce dont personne ne veut ! Qui sait ce qui nous restera ? Ah les imbéciles ! Et les miens amis qui se mêlent de ces pitreries ! Ils ne sont pas les derniers à se jeter sur la soupe ! Qui l'eût cru ? Mais si, mais si ! Déroulez-leur des tapis rouges ? Ils y courent, dans n'importe quelle direction ! Donnez-leur un fauteuil ? Ils s'y ligoteraient plutôt que de risquer d'en bouger ! Les peigne-culs ! Il n'y a plus d'Etat. *Ils* n'ont pas les moyens d'agir, mais *ils* s'échinent à croire le contraire. Chateaubriand l'écrivait : *L'ambition sans la compétence est un crime !* Vous verrez ce que vous verrez ! Allez ! Allez ! J'en ai assez entendu pour aujourd'hui. Dans la pièce d'angle de sa maison, Jean de Grandberger haranguait sa bibliothèque, une cigarette entre les doigts. Le grand homme avait répété tant de discours ! Parler avec passion était devenu une habitude autant qu'un talent. Les livres en rangées silencieuses écoutaient ses commentaires, dans le calme étouffant de la campagne. D'autres fois c'était sa femme. Ou son aide de camp. Ou un visiteur venu s'enquérir de ses avis. Vous voulez savoir ce que je pense de tout ça ? Je vais vous le dire ! s'empressait Jean de Grandberger trop content d'avoir un interlocuteur.

Le flot des épigrammes était intarissable. Le ton était plus contrôlé qu'il n'y paraissait, la véhémence était maîtrisée au-dedans. L'ensemble était plutôt distrayant. Ces derniers mois, le général de Grandberger riait rarement, ou bien c'était d'un rire sardonique. Mépris et dépit étaient à son menu quotidien. Décidément personne ne lui arrivait à la cheville ! Plus sarcastique que facétieux, aussi corrosif que navré, amenuisé par la paix comme l'est tout général, Jean de Grandberger mêlait colère, lucidité et partialité. Depuis qu'il s'était retiré des affaires publiques, l'âge de la retraite ayant aussi clos sa carrière militaire, il méprisait le monde et en souffrait. Il aurait préféré l'estimer et se féliciter de la tournure des choses. A défaut de participer, il appréciait les décisions et les décideurs. Il observait ce qui se passait sans lui.

Militaire dans chacun de ses gestes, il avait du général la grandeur décalée et l'autorité un peu sèche. Chez cet homme qui avait écrit un genre de traité du commandement et possédait une prestance naturelle presque magique, nul n'aurait su dénouer ce qui était inné de ce qui était travaillé. En tout cas, il dominait, subjuguait, parfois écrabouillait. Personne, pas même son épouse, n'était autorisé à déranger le cours de ses réflexions ou de sa conversation. Laissez, Charlotte, laissez, disait-il à sa femme lorsqu'elle se mêlait de donner son idée. Il la vouvoyait mais n'était pas ennuyé de la faire taire. D'ailleurs Jean de Grandberger faisait taire qui il voulait. Certains devant lui n'arrivaient plus à articuler. Difficile à convaincre, il était exigeant quant aux propos qu'il écoutait et avait de surcroît l'esprit de contradiction. Il fallait partager ses vues, recevoir ses avis, admirer son spectacle. Il parlait franc et châtié, goûtant les changements de ton, faisant la canaille, avec le vocabulaire d'un lettré passé par le métier des armes : osé et pittoresque, large et imagé, sans banalité. Un comédienné habitait ce grand homme, une bête de scène qui n'avait d'ailleurs pas chômé : ses discours, Grandberger les avait toujours écrits lui-même et répétés, de préférence devant son miroir. Ses mots étaient des pièces uniques, et ses idées des lumières qu'il testait sur les plus intelligents personnages qu'il avait recensés.

L'homme jugeait les hommes, ceux qui avaient perdu leur âme, ceux qui n'en avaient jamais eu, lui qui se souciait si peu de lui-même et tellement du Vieux Pays. L'âme nationale chauffait son sang. Il en était le héros. Il en avait le génie historique. A qui pouvait-il ressembler ? A personne. Sa voix sépulcrale intimidait, sa grandiloquence hypnotisait, ses sentences paralysaient, ses verdicts étaient implacables. Il ne l'ignorait pas, il en jouait. Volontiers il se serait écrié : Les imbéciles, ils ont peur de moi ! Quand on a guerroyé, capitulé, guerroyé encore, et vaincu, on sait de quoi les hommes sont faits. Et comme on est déçu ! murmurait quelquefois Jean de Grandberger qui souffrait de voir détruire l'œuvre de sa vie, et amoindrie la puissance du pays cher à son cœur. Et alors son arme ultime, sa meilleure défense, n'était autre que le dédain. Ah les crétins ! Les baveux ! C'est le concours des cancrelats !

Autrefois Jean de Grandberger avait été l'homme providentiel qui avait sauvé l'Empire et le Vieux Pays dans la guerre perdue : la maison et quelques meubles, disait-il, quand il entendait se remonter le moral et s'autoriser quelque friponnerie. J'ai bien gagné le droit de... Voilà ce qu'il pensait. Autrefois il avait montré le chemin de l'honneur. Sa parole, inespérée au-delà du désastre, avait rassemblé les hommes courageux qui se croyaient vaincus. Ces combattants défaits avaient traversé une mer pour rejoindre la voix rassembleuse pleine de sa conviction et de son enjeu. Mais le souvenir de ce passé glorieux désormais s'estompait.

Autrefois Jean de Grandberger, magnanime et habile, avait dessiné sans haine le chemin de la réconciliation, oubliant les trahisons, partageant sa victoire avec ceux qui n'en étaient pas. C'était du moins ce qu'il croyait qu'il avait fait. L'Unité du Vieux Pays était son unique but et son grand moyen.

La politique désormais remplaçait l'héroïsme et la grandeur. Grandberger ne siégeait plus aux responsabilités suprêmes. Il s'était retiré des affaires et des luttes, furieux et empressé de se soustraire à leur médiocrité. Il avait quitté précipitamment *la baraque*. A ses alliés, il conseillait d'en faire de même. Il disait : *L'essentiel en politique est de se retirer à temps*. Il avait toujours appliqué ce principe. Claquer la porte quand il n'y avait plus rien à faire, voilà quel était son tempérament. Vous n'entendez rien ? Vous ne voulez rien savoir ? Eh bien, débrouillez-vous sans moi, je m'en vais ! Et je vous salue bien ! Ce fut un plaisir de vous connaître ! Les formules polies devenaient chez lui des missiles.

Fatigué de se trouver ligoté dans la bataille plutôt que libre au-dessus du lot (comme il en avait pris le goût), Jean de Grandberger avait choisi la solitude. Il ne l'aimait pas. Certains jours il s'en mordait les doigts mais se gardait bien de le dire.

Il endurait : s'ennuyait et le niait. Qui se plaint dans cette maison ? Personne ! On ne se plaint jamais ! claironnait-il depuis toujours à ses enfants. Lui-même le tenait de ses parents. Il était en cela fils de son temps – on ne devient pas n'importe quelle personne n'importe quand. Sa plainte s'exprimait en récriminations. Ses rires énormes, ses anathèmes, l'ensemble sévère de ses commentaires, son mépris affiché de la classe politique, disaient ses regrets et sa colère à qui voulait les deviner. Sans cesse il bougonnait, un rien le faisait rugir, lisant la presse, regardant le journal télévisé en mâchonnant son pouce comme un enfant. Il avait le goût de la bataille autant que le sens du martyre. Le sien ? La marche du monde se passait de lui.

L'échec définitif se profilait. Ses séjours dans la capitale métropolitaine s'écourtaient au fur et à mesure que se raréfiaient les demandes d'audience. Son avis intéressait de moins en moins de gens. Retiré et retraité, ce n'était pas une situation qui convenait à son caractère. Et quel gâchis d'intelligence ! Il rongeait un frein, il pestait contre ceux qui ne l'avaient pas retenu au pouvoir, ni même regretté comme il s'y attendait. Il ne s'était jamais pensé aussi encombrant qu'il l'était.

A l'automne il donna un rendez-vous au peuple. Recueillons-nous ensemble sur la flamme qui garde vivant le souvenir de nos guerres. Moi, général de Grandberger, je vous attends ! Etaient-ils venus ces crétins ? Bien sûr que non ! Que d'échecs et de désillusions ! raillait-il comme si cela ne lui faisait pas mal. Ses proches fidèles allaient jusqu'à inventer des demandes et organiser de fausses audiences. Sa vanité faisait de lui leur dupe. Il croyait accorder une faveur à ceux-là qui, par amitié, acceptaient de lui faire celle de venir bavarder avec lui ! Le vent de la gloire était tombé.

Le général bivouaquait dans son ermitage campagnard, au cœur des grands frênes centenaires défeuillés sous la neige. La cohue du monde était loin de cette forêt ancestrale entourée de prés givrés, dans les brumes de ce pays austère, retourné par toutes les guerres du passé, sur la route des invasions. Blotti dans son vallon boisé, Jean de Grandberger coulait dans la mélancolie. Les chênes, les charmes, les sapins, la forêt l'écrasait de son silence. Pas une maison, pas une âme qui vécût à l'horizon, rien que des arbres, des halliers, des étendues de champs, des vallonnements figés qui avaient bu le sang des soldats, jusqu'au plateau d'où dominait le village. C'était si triste ! Triste comme les batailles oubliées, comme les morts, les défaites, la grandeur perdue, et comme une maison d'où sont envolés les enfants, leurs rires et leurs cavalcades. Jean de Grandberger se désespérait doucement d'être là, si seul à l'écart du monde agité et vivant. Sa femme le savait, qui savait tout, sans poser de question, sans recevoir tant de confidences (car personne n'était intime avec Jean de Grandberger), mais simplement parce qu'elle vivait à côté de lui, et pour lui.

Il avait rangé tous les papiers étalés devant lui. La matinée de travail était finie. Bonjour, dit-il à la chatte grise qui s'était glissée par la porte de son bureau. La pièce, quand elle était enfumée, déplaisait à l'animal qui se retira. Tu as bien raison, lui souffla Jean de Grandberger. Il aimait l'indépendance de pensée, et la liberté jusque chez les animaux. Le général regarda sa montre, midi cinquante-huit, il sortit de son bureau pour se rendre au salon et allumer la radio. La régularité de la vie est un moyen de sa fertilité. Ah vous êtes là ! dit-il à sa femme qui tricotait dans un fauteuil.

7

Charlotte de Grandberger écoutait le sempiternel refrain de son époux, son langage à l'emporte-pièce, sa manière de militaire cultivé qui ne mâchait pas ses mots. L'homme était difficile, la pulsation de sa vie rebondissante, madame était pourtant heureuse : elle avait son mari pour elle. Trop souvent elle avait craint qu'on le lui tuât, les circonstances, les difficultés, ou les ennemis. Elle aimait cet homme plus que de raison. Ses enfants pouvaient sentir que c'était lui – le père – qu'elle préférait. Elle le vénérait, comme d'autres le personnage qu'il était devenu, à côté d'elle qui, alors, ne s'en doutait pas. Elle pensait désormais que ce destin dans l'Histoire devait être protégé des compromissions politiques. Peu exubérante, discrète, elle ne disait rien de cette certitude, elle l'incarnait. Son mari passait les heures de la journée dans la pièce d'angle de la tour. Elle savait que le lointain était pur, plaines, bois et vallées, rien qui arrêtât son regard. Quelle sécurité désormais ! Charlotte de Grandberger n'était pas femme de militaire pour rien. Elle savourait ce retrait. Une boule de paix s'était rassemblée en elle.

Récemment, elle avait passé son permis de conduire pour mieux servir la maison. C'était peu dire qu'elle était une bonne épouse : industrieuse, dévouée, fidèle, et de temps à autre (pourquoi pas) passionnée. Elle n'était certes pas du genre à minauder, rougir, ou se trémousser, mais à sourire avec grâce, à baisser les yeux et regarder ses pieds, à marcher sans bruit sur des pantoufles de feutre, à s'affairer sans y paraître de sorte que chaque désir de son mari fût exaucé. Elle existait sans peser, pensait à tout sans se mêler de rien. Repas (rapides), promenades (fréquentes), sommeil (intense), travail (important), elle veillait au bien-être sacré de son époux. Elle était une épouse de fer et de velours.

Ils vivaient l'un à côté de l'autre, dans cette forme silencieuse de l'harmonie conjugale que fondent ensemble la discrétion et la pudeur. Quand Charlotte n'était pas là, aussitôt Jean demandait : Où est Charlotte ? Ou bien : Avez-vous vu madame ? Le grand homme ne pouvait pas vivre sans elle. Elle faisait avec lui ce qu'il lui plaisait de faire avec elle, et allait à ses occupations (les confitures, le tricot, le jardinage) quand il retournait aux siennes (lire, écrire, marcher). Le général et madame regardaient ensemble les informations à la télévision. Jean faisait des réussites au salon. En militaire qui entend toujours gagner, il trichait. Il aurait pu tout aussi bien faire de la tapisserie comme certains grands bourgeois de sa génération. Il avait les mains pour cela : de petites mains étroites, féminines et habiles, souples comme sont les pattes des chats. Parfois cette main se posait sur celle de Charlotte, tendrement, sans que le temps altérât rien au sentiment, année après année. Jean avait aussi de grandes jambes et s'en servait. Deux fois par jour, il partait faire le tour du parc. Il comptait, plusieurs tours, il ne savait plus à combien il en était. Des milliers ! disait-il comme une plainte, les jours de vague à l'âme. Charlotte semblait quant à elle n'avoir jamais de vague à l'âme. Vaillante, ne s'autorisant pas la lassitude, elle faisait rouler sans heurt les jours monotones dont l'austère liturgie n'était distraite que par les quelques visites du monde venu en dernier recours prendre conseil ou faire adouber ses idées. Reclus dans sa tour, ou faisant une station en bas devant la cheminée, le général de Grandberger recevait, ses favoris, quelques ministres, dans la vaste maison glacée où il chargeait le feu lui-même, d'anciens compagnons d'armes, de rares journalistes ou chroniqueurs de qualité qui venaient jusque dans la célèbre gentilhommière s'entretenir avec l'homme de l'Histoire, et l'esprit visionnaire qu'il avait conservé.

Jean de Grandberger parlait de tout, était informé de tout, avait des idées sur tout. Ces clairvoyances pouvaient paraître extravagantes. Elles devenaient moins inexplicables à l'interlocuteur aussitôt qu'il avait pris la mesure de sa culture. Jean de Grandberger possédait de l'Histoire une connaissance intérieure. Il en avait ressenti les secousses et étudié les mécanismes. Il avait lu, il avait agi, il avait vécu, il avait écrit. Pas un outil ne lui manquait pour penser le moment. Rapprochements et recoupements créaient en lui des fulgurances. Sa pensée autrefois s'incarnait en action. Il bouillait de n'être plus maintenant qu'un observateur de génie. Il aurait été heureux et apaisé de jouer les cartes plutôt que de les regarder passer dans les mains de ces "imbéciles". La mélancolie l'attrapait à la gorge quand il croyait voir se perdre la figure de son pays. Ah ! si j'étais au pouvoir ! répétait-il à longueur de temps. Il n'y était pas. C'était son drame. Il était en exil de sa propre nature, anéanti par le silence et l'immobilité de sa demeure, plein d'idées tournoyantes dans le présent, nostalgique de l'aimantation du commandement. Il avait de grands desseins, autant de picotements perpétuels qui le titillaient : réprobateur en position. Entré en dissidence, il attendait l'effondrement de *ce régime de peigne-culs*. Peut-être alors le peuple le rappellerait-il ? Il y croyait par bouffées, qui retombaient en désespoir (car c'était un cyclothymique). Il n'entretenait pas une haute idée du peuple. Il se muait tour à tour en déprimé, en perdant, en pourfendeur… N'avait-il pas passé sa vie à être battu au début et à triompher ensuite ? Il y croyait, c'était ainsi qu'il se voyait, un sauveur de la dernière heure, asservi mais jamais soumis, jamais battu. Peut-être le peuple le rappellerait-il après tout. Oh ! il savait ce qu'il ferait. Il demanderait les pleins pouvoirs ! Finis les partis et l'Assemblée, et leur jonglerie vaine. Son projet n'était pas si bien gardé. Quelquefois il le murmurait : Si jamais je revenais au pouvoir, je ne le lâcherais plus ! C'était son désir le plus profond, sa raison de vivre, son secret, sa faille.

En attendant il faisait semblant de s'intéresser à l'intendance domestique dont il se moquait éperdument.

— Je n'aime guère voir ces animaux en cage !

C'était à propos des clapiers que sa femme avait eu la prévoyance d'installer.

— D'ailleurs vous savez que je ne raffole pas du lapin.

Charlotte le rassurait.

— Ça ne vous empêchera pas de manger vos pieds de cochon ! A midi vous aurez du navarin aux pommes.

8

Grandberger était l'homme que tu admirais le plus. Il avait fait lever ton espoir d'enfant tourmenté dans la guerre. Il avait restauré l'honneur perdu de l'armée vaincue. Ton père, alors colonel dans la cavalerie, que la débâcle et la défaite avaient humilié, lui vouait pour toujours un culte absolu. Ils appartenaient à la même promotion de militaires sortis de l'école prestigieuse où le Vieux Pays formait ses officiers.

Tu avais dix-sept ans lorsque la ville de ton enfance fut délivrée de l'occupant. Libérateur magnifique, Jean de Grandberger passait, debout sur son char, la tête haute sous le képi, au milieu de la foule qui acclamait le héros et le défilé. Tu regardais passionnément, perdu dans les vivats et la joie du peuple. Ce moment s'était gravé en toi. Le nom de *Grandberger* étincelait au cœur de ce souvenir. La trace en demeurait comme une traînée de vénération. Ce culte familial habitait ton père. Dans ta famille, pour tous les garçons, Jean de Grandberger était une figure, un grand homme, un militaire digne de l'honneur de l'armée.

Ta déception avait égalé celle de ton père lorsque le général s'était retiré des affaires. Avec la sévérité de tes vingt ans, tu jugeais que c'était une fuite. Il aurait fallu persévérer, croyais-tu. L'expérience du combat, la guerre perdue, les contorsions diplomatiques pour incarner le Vieux Pays hors de ses frontières, tu n'y songeais pas, sans doute négligeais-tu le poids de lassitude après trop de batailles. Ton père conservait incommensurable l'estime qu'il avait pour cet homme. La tienne était-elle désormais oblitérée du sceau de la déception ? Pensais-tu déjà que ce grand homme, par-delà l'évidence de son destin, avait un tempérament dont les singulières ramifications promettaient des surprises ?

Non ! tu pensais maintenant, comme ton père, que Jean de Grandberger pouvait une nouvelle fois sauver le Vieux Pays avant qu'il ne s'enfonçât dans la guerre civile, l'anarchie politique, l'abandon des territoires de l'Empire. Pendant que le général, comme un crocodile patient et malin, au cœur de son bois glacé, attendait, tu plaçais en lui ta confiance et guettais le moment favorable à son retour.

9

Dans les champs, dans les taillis, au pied des arbres, à demi nus, sur le dos, sur le ventre, en chien de fusil, couverts de mouches, des cadavres pourrissaient au soleil. Des colonnes de fumée partout montaient vers le ciel. Des incendies anéantissaient les villages, les plantations, les maquis. Les populations civiles étaient hagardes, égarées. Pour un rien des rafales de mitraillettes les balayaient. Les turbans blancs des hommes se rassemblaient comme des marionnettes de chiffon. Que se diraient-ils ? Ils avaient peur de tout, de la violence des nationalistes, de celle de l'Empire.

L'Empire réprimait. Depuis cent ans, sur cette terre conquise, c'était sa réponse préférée. L'armée fusillait les insurgés. L'armée chassait les suspects. L'armée questionnait. Voilà, la procédure s'engageait. L'armée fouillait, ratissait, interrogeait sans ménagement. Partout des militaires en armes escortaient des groupes d'hommes en haillons. Les sauvages ! Qu'ils parlent, qu'ils disent ce qu'ils savent des rebelles, des réseaux, des caches, des projets ! Les hommes posaient leurs mains sur leurs turbans sales, leur regard était bas, fuyant, leur expression tendue. Ils attendaient quelque chose en plus d'être questionnés. C'était pénible, la question qui ne menait pas aux coupables. La perfidie des indigènes ne faisait pas l'ombre d'un doute, on ne pouvait plus être sûr de personne, répétaient les colons. L'Empire protégeait les populations civiles menacées par les rebelles, mais c'était pour mieux les réunir et les posséder. Au service de son gouvernement, passionnément attachée à l'intégrité du territoire national, l'armée devenait toute-puissante.

Pour la première fois l'expédient répressif tournait mal. La punition faisait vent sur le feu. Trop violente, elle dégoûtait de l'Empire et devenait une raison de rallier la lutte. Au lieu d'y mettre un terme, elle nourrissait le mouvement. Les rangs des libérateurs se gonflaient. La rébellion devenait une révolution. Le terrorisme devenait une guerre. Plus rien n'endiguerait ce front belliqueux. Réprimer avait enflammé la cause. Le mouvement nationaliste se baptisa. Libération de la Terre du Sud : LTS était né. Les maquis s'organisèrent. Les armes affluaient de l'étranger. Les événements s'intensifiaient. L'insécurité gagna tout le pays. L'attentat prit sa place militaire dans l'espace civil. Les bombes éclataient, dans les bars, les dancings, les cinémas. Les voitures piégées se garaient dans les villes. Des jeunes femmes aux visages d'ange, faisant mine d'aller à la plage avec leur petit panier, transportaient des charges fracassantes sous leurs serviettes de bain multicolores. L'armée de l'Empire renforça son action. Sans trouver de coupables, le ratissage ramassait des suspects. Les interrogatoires révélèrent la réalité occultée : les cinq cents rebelles étaient devenus des milliers. La cause gagnait des voix.

10

Malgré cette crue, la cause demeure minoritaire ! affirmais-tu, véhément. Toi tu pensais à ceux qui voulaient rester dans l'Empire, sujets ou citoyens. Au nom de quoi leur refuserait-on ce droit qui devenait un asile ? Combien de fois fallait-il répéter, à ceux qui parlaient du sens de l'Histoire, que les rebelles n'étaient qu'une poignée ? La population autochtone restait fidèle au Vieux Pays. Il fallait protéger cet attachement et ce désir. Les rebelles étaient des terroristes. Tu n'avais pas encore idée des violences jusqu'où ils emporteraient leur pays. Mais déjà tu refusais l'idée qu'ils résistaient à un occupant. Tu évitais de penser dans cette terminologie qui attisait la guerre civile (les *colons*, les *indigènes*). Tu disais : Je crois qu'il y a deux communautés sur la même terre. Dans l'armée, tu en avisais tes camarades.

En contrepoint de ces passions, tu avais rencontré la lumière d'une jeune fille. Mathilde. Plus qu'une rencontre, c'était une reconnaissance. Votre connivence immédiate avait scellé un lien. Vous vous étiez reconnus puis dédiés l'un à l'autre. Tu aimais l'absence de toute manigance séductrice entre vous. Un sentiment sincère et fervent s'était esquissé dès le premier dîner. Tu ne flirtais pas, tu aimais. Tu ne t'amusais pas, tu te dévouais, tu te passionnais, tu te donnais. C'était sérieux comme le sacrement que tu voulais recevoir avec elle. Tu savais déjà la saveur de votre alliance.

Vos familles étaient moins convaincues, plus frileuses, exigeantes. Elles contrarièrent votre bel élan. Soupçonné de fragilité émotionnelle, parce que tu avais été surmené peu de temps auparavant, Paul, tu fus disqualifié pour cette belle-famille. C'était la première fois que tu étais recalé ! Mathilde quant à elle n'était-elle pas trop frêle pour porter des enfants ? murmurait ton père. Vos fiançailles furent rompues. C'était une bien petite aventure en ce temps charnière pour ton pays. Tu te coulas dans un abattement pudique. Mathilde se replia sur son sourire éteint. Vous ne disiez mot. Aucune protestation ne s'éleva contre l'autorité des pères. Tu l'avais décidé : tu ne te battrais pas contre une famille pour en fonder une autre. Tu te battais contre toi-même. Que valais-tu ? Tu te jugeais et te critiquais. Pourquoi aurais-tu mérité Mathilde après tout ? Voilà que tu devenais à tes yeux indigne de cette grande jeune fille épanouie. Elle est trop bien pour moi, disais-tu à ton plus proche ami. Tu sombras dans le travail.

Tant d'application ne resta pas sans porter des fruits. Promu, complimenté, plein de droiture et de talent, tu devenais un beau parti. Grande famille, éducation chrétienne stricte, brillantes études, carrière lancée, détermination éclatante, amour affermi, tu revenais fier et amoureux. Mathilde n'avait pas quitté le tracé droit de votre amour. Les prétendants s'étaient brisés contre cette ligne sentimentale.

Votre mariage se ferait en hiver. En poste dans le désert, tu attendais cette alliance. Chaque soir sous la lampe, calme et heureux, tu écrivais à ta fiancée. Quel bonheur de pouvoir m'entretenir avec vous. Je veux vous raconter tout ce que je fais, et partager les questions que je me pose, qui sont nôtres autant que miennes. Dans les secousses du monde, tu connaissais cet intime bonheur. Et dans le secret de toi-même, tu le souhaitais pour tous ceux dont la guerre amputait les familles.

11

A propos de la guerre ou de l'indépendance, tu pensais : Gâchis ! Déraison ! Bizarrement tu confondais les deux. Tu étais sensible à la splendeur déployée de la Terre du Sud, ses immensités inhabitées, ses vallonnements, ses sables et ses verdoiements, ses odeurs, l'air chaud qui les portait, le ciel bleu infini au-dessus des paysages que le soleil semblait user. Avec passion et délices, tu survolais ce désert que le temps épargnait, cet espace où s'effaçaient les traces, ce monde de silence et d'absolu où tu rencontrais encore des caravanes de nomades. Leurs visages épurés par la vie ascétique étaient, de cette terre, ce qui te parlait le plus.

Ce jour-là, en service commandé, tu volais, dans les nuages qui peu à peu chargeaient le ciel au-dessus du désert. La ville était à sept cents kilomètres. Le ciel se bouchait. L'avion de liaison – un exemplaire très répandu d'un ancien modèle allemand à moteur six cylindres – voguait vers la côte à deux cent quarante kilomètres à l'heure. Tu étais le pilote le plus exercé de la base et, pour cette raison, souvent choisi pour convoyer. Le colonel te convoquait. Donadieu ! Tu te mettais au garde-à-vous. Et tu te préparais à partir. Avec bonheur. Piloter était une passion. Par défaillance d'un œil (et en dépit d'une rééducation acharnée) tu n'avais pu en faire ton métier, mais tu accumulais les heures de vol. Aux commandes, c'était la confiance et le contrôle de soi qu'il fallait solliciter. Tu aimais cette épreuve de vérité dans laquelle le pilote exigeait de lui-même toutes ses facultés. Tu aimais être tellement à la hauteur que tu exultais. L'orgueil – qui fut peut-être ton grand défaut – n'était pas absent de ta joie dans cette expérience.

Pour ce jour, l'inquiétante météo rembrunissait l'équipée. Tu fis escale par un temps menaçant. Ton passager était pressé. Tu le déposas pour t'en retourner aussitôt. Les nuages se condensaient bas dans le ciel. Tu connaissais cette situation délicate : l'avion est mis au tapis, captif entre le relief et la couche de nuages dans laquelle sans visibilité la sécurité est compromise. La radio ne passait pas. Tu fis demi-tour. Le niveau d'essence descendait, l'avion volait maintenant sur sa réserve. Aucun pilote n'aime consommer ce reliquat chargé des saletés stagnantes. Un passage bas te permit un repérage hâtif. Tu te posas, calme, maître de l'oiseau, sans perdre ton sang-froid. Voilà ! L'avion roulait. Ton visage se déconcentra. Tu respiras une grande bouffée d'air, passant la main dans tes cheveux. Etais-tu chanceux ou habile ? pensas-tu : le relief plat que tu avais repéré était un terrain d'aviation ! L'appareil avait atterri sans dommage sur cette piste inattendue. La mésaventure se finissait bien, exaspérait en toi le sentiment de maîtrise, la saveur de la vigilance efficace.

Plus tard, quand le mauvais temps eut cessé, tu rentras à la base. Le colonel qui attendait, soucieux, t'accueillit avec soulagement en s'amusant de ton retard : Alors, Donadieu, on me rapporte que vous êtes allé aux champignons ? Oui, tu faisais parler de toi. Mais tu répondais peu. Tu souriais en silence.

Tu possédais un sourire incorporé au calme dont tu ne te départais jamais. Sourire était la posture naturelle de ta physionomie paisible. Ta tranquillité et ton sourire, voilà les premières choses que de toi l'on remarquait. L'ensemble de ton visage confluait vers ce plissement doux qui lui imprimait une expression de compassion, d'indulgence, de tendresse. Tu semblais embarqué ailleurs, apaisé et observateur (comme replié au-dedans de toi-même pour mieux regarder), profond. Tes lèvres charnues auraient pu sembler boudeuses ou sceptiques, elles étaient heureuses. Sous tes cheveux clairs, coupés court, ton grand front surplombait des arcades proéminentes. Tes yeux étaient enfoncés sous des sourcils épais qui assombrissaient ton visage. Ton regard s'en trouvait voilé, enfoui en deçà de la paroi du front. En toi paraissait restée une trace d'enfance brimée par l'autorité d'un père et qui, par en dessous, l'air de rien, tenait tête, et même se rebellait. L'entêtement était lisible, l'obstination présente sur tous les clichés. Ton visage habitait ce sourire, qui était à la fois doux et plus décidé qu'une épée. Ton expression tranquille cachait la détermination irréductible de l'homme de conviction, qui dit oui à ses propres idées et va jusqu'au bout de ce qu'elles impliquent. Tout en toi exprimait le sérieux, la gravité, quelque chose de triste et de tendre en même temps que de résolu, caractère de fer forgé dans l'effort et l'adversité, qui savait que le destin est cruel mais que la force (qui est grâce, fraîcheur, limpidité) appartient à l'homme.

Dans le désert, ta détermination préparait des succès. L'aviateur et l'ingénieur en toi n'étaient jamais repus d'efforts. Bourreau de travail ! disaient de toi tes camarades. Ton service militaire était fini depuis longtemps. Tu ne participais pas aux opérations de pacification. Mais tu concevais des armes modernes que tu estimais spécialement adaptées pour gagner la guérilla contre les rebelles camouflés. Tu disais : Les engins téléguidés seront bien plus utiles que la bombe. C'était ton premier désaccord avec Jean de Grandberger. Tu y travaillais avec acharnement et réussite. Tu avais la manière, tu ne lâchais jamais avant d'avoir réussi ce que tu voulais.

Chaque jour tu t'employais à faire et refaire des calculs, étudier et reproduire des trajectoires, de sorte à programmer des systèmes de guidage. Le soir, tu écrivais des lettres à Mathilde, missives graves et attendrissantes, empreintes de respect et de dévotion toute religieuse. Tu répétais tes engagements, rêvais votre avenir, disais ta tendresse. Tu essayais de partager ta prière et ta vie. Tu promettais ton retour. Votre jeune couple se construisait dans une commune ferveur. C'était Dieu qui vous avait donnés l'un à l'autre, Dieu qui vous unissait. Tu rendais grâce.

12

Les rebelles étaient invisibles et insaisissables. Cachés dans les maquis, ils attaquaient et disparaissaient. Ils déroutaient la vieille armée régulière qui ne maîtrisait pas la guérilla. A quoi pouvaient servir, contre un ennemi dispersé dans des montagnes inhospitalières et inconnues, les tactiques et stratégies habituelles ? Il n'y avait pas de front, pas de combats, pas de canons, pas de tranchées, pas de lois de la guerre, pas de guerre ! Aucun souvenir ravivé ne venait enrichir la pratique. Tout était nouveau.

— Tous les coups sont permis ! expliquait le caporal Touzin aux nouveaux. Les maquisards se déguisent en femmes parce qu'on ne tire pas sur les femmes ! Méfiez-vous de vous-mêmes, dit-il. J'ai vu quelques soldats apeurés faire feu malgré les fichus et les robes, puis courir soulever la jupe pour vérifier le sexe de leur victime. L'erreur est fatale ! L'esprit ne s'en remet pas. Il est comme fou dans la liberté de la guerre et harcelé de remords. Le sang colore toutes les visions qu'on a. Oui, dit le caporal, méfiez-vous de votre peur.

Les nouveaux écarquillaient les yeux, avant d'éprouver des sensations qu'ils n'avaient jamais connues.

L'ennemi malin (et sa cruauté imaginée) transformait insidieusement un guerrier en brute sanguinaire.

Par prévention, par rétorsion ? Les types ne savaient plus. Tant de défaites étaient fraîches ! Tant de barbarie s'était découverte dans les hommes ! La crainte surchauffait les têtes. La légèreté, la vitesse et le camouflage étaient des impératifs. Nul ne l'oubliait en découvrant les enfilades interminables de pitons rocailleux, et les vallées étroites qui sinuaient entre ces montagnes pelées. Partout des flancs pleins de caches surplombaient les routes. Tous les coins étaient pourris. L'embuscade devenait la marque de cet affrontement. Les chemins étaient des coupe-gorges. La candeur finissait ici, avec les cris dans la nuit, qu'il ne fallait pas entendre, avec la confusion et la soudaineté des accrochages, et la sauvagerie des crimes. Les rebelles étaient des égorgeurs qui émasculaient leurs victimes, les soldats étaient des coupeurs d'oreilles. Le déni accroissait l'outrage. La barbarie s'engrenait dans la barbarie. Le dégoût horrifié motivait l'escalade. L'innocence, l'espérance, l'assurance, l'expérience, l'identité, venaient se briser dans cette lutte traumatisante qui n'avait pas de nom. C'est la guerre de pacification, disait le caporal Touzin. Jamais un soldat n'avait eu à faire tout ce qu'il faisait ici.

Des ruisseaux minces comme des serpents coulaient au fond de gorges caillouteuses. La terre était sèche et dure, nourrie de pierres, pleine de petits cailloux qui crissaient sous les semelles des chaussures ou le fer des pelles. Le moindre pas faisait bruire la terre. Le ciel uni couvrait les marches harassantes. Des tourterelles roucoulaient, des sangliers faisaient d'étranges raffuts dans les taillis desséchés, les animaux ne connaissaient ni la guerre ni la zone interdite. A cet endroit, la peur de l'autre n'avait pas de limite. On est largués, on est paumés, on est abandonnés, si on tombe sur eux qu'est-ce qui se passe... ? pensait le caporal Touzin. Ses yeux scrutaient l'ombre. Sa voix était un souffle : Tu vois quelque chose ? Qu'est-ce qui a bougé là-bas ? La roche de la montagne inventait des reliefs, des accidents inattendus entre lesquels s'inséraient, comme autant de cachettes dangereuses, des boules végétales. Qui attendait là-derrière ? Personne n'était fier. La beauté du paysage interminable jusqu'à l'horizon lointain faisait un berceau grandiose à une violence qu'il facilitait. La terre aidait ses libérateurs. La nuit, disait Touzin, le pays appartient aux rebelles. Il faudrait une armée de hiboux pour les débusquer.

13

Toi, tu épousais Mathilde. Ce jour-là il n'y avait pas de guerre dans tes pensées. Tu embrassais ta félicité. Tu avais vingt-sept ans, tu étais commandant, et le plus heureux des hommes. Devant Dieu, l'armée et les tiens, Mlle Mathilde Lors se donnait à toi, quittait la maison de son père, te jurait amour, tendresse et fidélité. Ces promesses, que tu lui faisais pareillement, étaient solennelles. Tu engageais ton cœur et ta vie auprès de cette femme. Jusqu'à mourir, vous avanceriez côte à côte.

Fille d'amiral, Mathilde connaissait les vertus militaires et les revers de la gloire. Elle était catholique fervente, illuminée par sa piété. Le plus important était acquis. Tant mieux si elle était gracieuse, jolie, blonde, grande, élancée, vive, souriante. Et tant mieux si elle t'aimait, t'avait aimé au premier regard, et t'avait attendu dans l'adversité. Pour elle, tu prononçais un serment d'amour. Tu liais tes jours à ceux de cette femme élue. Les cloches secouaient l'air plein de neige de la belle capitale. La température était descendue au-dessous de zéro. C'était le plein hiver. Le pays était paralysé par des tempêtes et des inondations. L'air était à la tourmente, le vent faisait ouragan. Il neigeait, des flocons denses et soutenus. La terre pour ces noces s'assortissait à la mariée blanche. Le grand froid saisissait son visage qui souriait sur le parvis de l'église. Les cloches sonnaient encore sur le mont au cœur de la ville transie. Tu mordais tes lèvres rondes. Tu portais ton uniforme, avec une prestance qui ne venait pas tant de ton physique (tu n'étais ni grand, ni petit, ni très élancé) que d'un esprit noble qui déposait son empreinte sur ton allure. Une cravate serrait ta chemise blanche dont le col resplendissait sous ton menton viril. A la manière militaire, tes cheveux étaient courts aux tempes. Très droit, tu regardais le photographe, n'esquivant aucun cérémonial, élargissant ton sourire, toujours un peu rêveur, comme un songeur dans sa gaieté, tandis qu'à ton bras la jeune mariée se penchait vers l'objectif – comme si elle avait voulu entrer dans le cliché – et faisait plus que sourire sous la couronne de fleurs blanches qui retenait son voile.

C'était un mariage si ordinaire ! Un mariage heureux. Personne ne pressentait qu'il scellait l'alliance d'une femme et d'un supplicié. Rien ne laissait présager l'aventure de chagrin que vous alliez partager. La mariée savait pourtant l'esprit rigide de celui qu'elle avait choisi. Jusqu'où cela menait-il un homme ? Non, elle riait tellement, elle n'en avait pas idée. Elle ne savait pas que nul ne t'infléchit si tu es sûr de toi. Elle ignorait que tu ne lui dirais pas tout et comment tes secrets t'emporteraient loin d'elle. Croit-on jamais que ce qu'on édifie à deux vaut moins pour l'autre que ce que de lui on ignore ?

Justement c'était le temps de l'édification. Votre vie conjugale devint familiale. L'idée en vous de Dieu n'était pas étrangère à ces enfantements. Combien ? Tu ne savais pas. L'injonction de croître et de multiplier n'avait pas de fin. La famille était le cœur, le but et le moyen. Edith naquit. Puis Marie, deux ans plus tard. Deux fillettes blondes et sages qui ressemblaient à leur mère. La famille emménagea dans une maison de banlieue. Mathilde installait son intérieur, s'occupait de ses filles et n'exerçait aucune activité professionnelle. Femme de militaire, habituée à la discrétion, aux secrets, aux déplacements, elle se tenait à côté de son mari. Elle avait trouvé sa manière d'exister, elle faisait des nattes à ses filles, brodait des robes, tricotait des chaussons. Tu coordonnais désormais des recherches au ministère. Chaque jour tu rentrais déjeuner chez toi, préférant cette intimité à la convivialité professionnelle de la cantine. Tu avais ce côté secret, renfermé, impassible.

Tu priais beaucoup, comme si ce nom que tu portais, cette famille austère et digne d'où tu venais, faisaient de toi un chrétien jusqu'à l'outrance. Mathilde n'était pas en reste. Vous étiez parfaitement accordés. Tes intentions de prière évoquaient la Terre du Sud. Tu priais pour les colons dont l'exode lentement s'amorçait. Tu priais pour ceux des indigènes qui faisaient, au prix d'un continuel danger, le choix du Vieux Pays contre celui de l'indépendance. Tu priais pour le succès militaire de l'Empire et pour que cessât la guerre. Ton jeune frère appelé là-bas sous les drapeaux t'avertissait : Ce qui se prépare est terrible. Vous le déploriez sans chercher de coupables, sans accuser l'Empire, sans croire que le Vieux Pays n'avait pas agi comme il fallait. Ta ferveur espérait contrecarrer ce grand tourbillon de destruction, car cela est certain, tu croyais en l'efficacité des prières.

14

Pendant ce temps Jean de Grandberger écrivait. Quatre à cinq heures par jour, enfermé dans son cabinet de travail, il se faisait mémorialiste. Ses clairvoyances passées, son héroïsme inspiré, sa façon de détourner l'Histoire de sa fin erronée, il les consignait.

Ce n'était pas la première fois qu'il écrivait. Voilà qu'advenait dans sa vie un moment de plus vécu plume à la main. Il faut beaucoup d'oisiveté pour faire un livre. Ecrire était à ses yeux la meilleure manière de féconder une retraite qu'il affrontait comme un adversaire. Il avait trouvé ce qu'il cherchait : être en face de lui-même. Pour difficile que fût la solitude, le bonhomme n'ignorait pas qu'elle exhausse celui qui travaille. Il travaillait donc, avec passion et exigence, en véritable homme de lettres. Il était un perfectionniste qui se faisait une haute idée de l'œuvre subjective. Il entendait bien en laisser une, en plus du reste. Même s'il n'était pas de ceux qui croient que le récit d'une action l'emporte en importance sur l'action elle-même. Ecrire pour lui était peut-être sacré. Il était capable de renier ce qu'il avait dit et qui n'était pas écrit. Ecrire conférait une éternité aux mots, fixait et précisait la pensée. S'il écrivait l'Histoire, Jean de Grandberger la maîtriserait définitivement. Il y avait dans son opiniâtreté une ambition inavouée qui était de cet ordre. Acte de pouvoir, mais acte d'amour aussi. Ecrire induisait une plongée, une recherche salutaire à l'esprit autant qu'à la vie. S'il n'avait embrassé la carrière des armes, Jean de Grandberger aurait voulu devenir écrivain. Il lisait d'ailleurs beaucoup, la grande littérature du monde, dont il parlait volontiers, vénérant ses auteurs, donnant à ceux qu'il avait la chance de connaître les marques de ce respect. Il avait déjà préféré un livre à un crépuscule, un paysage, un troupeau d'éléphants vu du ciel !

Sa plume était aussi acerbe qu'érudite. Ce qu'il avait fait pour l'Empire, comment il avait sauvé de la honte et de la défaite le Vieux Pays, il en faisait l'autopsie historique et intime. Il parlait de lui à la troisième personne. Pourtant son livre, et il insistait sur ce point, n'était pas un ouvrage d'histoire. Mon livre, disait-il, n'est que le témoignage d'un homme. Il s'interrompait un instant. Il y a donc des oublis et des erreurs, achevait-il d'expliquer. Qu'on ne vienne pas encore lui faire des reproches ! Oh oui ! il savait bien qu'on lui en faisait beaucoup !

— Personne n'est obligé de le lire ! s'exclamait-il en rêvant du contraire.

Il travaillait donc avec acharnement, voulant retrouver pur le ressort de son action, l'état des choses telles qu'elles avaient commandé ses choix. Il cherchait, tout seul, sans influence, à revivre une époque, de sorte à en ressusciter la réalité, la marche des événements et des actions telle qu'elle s'était enchaînée. L'Histoire, Grandberger l'avait faite, bien plus encore qu'il ne l'écrivait (étant partie prenante, il n'aurait pu être juge), et il souhaitait expliquer comment il l'avait faite. Il avait été l'Histoire (c'était en cela aussi que souvent il puisait le sentiment de sa propre importance). Secondé par un historien, il triait des milliers de pièces d'archives, notes, correspondances, accumulées depuis qu'il pensait, agissait et écrivait. L'énormité de ce bagage était encore destinée au Vieux Pays. Comme une évidence, il disait : C'est écrit pour nous seuls, pour notre Vieux Pays, ça n'intéresse que nous !

Le style, celui d'un livre comme celui d'un homme, était primordial. Pour ses lecteurs, le général ciselait, posait ses virgules comme des joyaux, insérait des incidentes dans ses longues périodes dont il écoutait la musicalité. Il possédait une intuition spontanée de ce qu'est l'écriture. Il y avait dans l'Empire une génération d'hommes à qui leurs maîtres, le grec, le latin et leurs parents, avaient enseigné le souci du langage, le goût des lettres, le sens de l'effort et le service de la Patrie. Ils firent des hommes d'action qui écrivaient bien. Jean de Grandberger était de ceux-là. Sa vitalité personnelle se régénérait à ces deux sources : l'action politique et l'écriture. La langue en était comme la réjouissante intersection : identité et appartenance. Quoi de plus beau et noble que la langue de son pays ? Il la connaissait dans ses détails, les règles, les exceptions, les usages. Il corrigeait innocemment les fautes des autres. Pour son propre travail, concentré, abîmé en lui-même, il s'éclipsait dans la pensée puis l'écriture. Son sujet se répandait dans son esprit. Puis, la réflexion étant achevée, il l'interrompait et se lançait. Il couvrait des pages et des pages, raturait, recommençait, tant et si bien qu'à la fin son écriture avait tout envahi (le papier, le bureau, l'Histoire). Il se débattait tout seul. Aucun conseil pour cette tâche ! Il n'était pas sans savoir qu'un auteur et un livre sont tout un : toucher à son texte, c'était toucher à l'homme qu'il était ! Il n'en était pas question !

Au calme dans sa maison, plongé dans cette remémoration, il était habité par son propre personnage. Il rédigeait de longues pages précises : ce qu'il avait prédit, dit, fait, craint, évité, gagné, les titans qu'il avait rencontrés, affrontés, convaincus, leurs qualités, leur tempérament. C'était un récit épique, foisonnant, passionnant.

Dans le même temps, il évaluait le danger que faisait courir à son cher Vieux Pays la rébellion en Terre du Sud. Son silence faisait parler de lui, comme si sa grosse voix manquait à la scène politique. Même à distance, il électrisait. De temps en temps quelqu'un venait le solliciter : Prenez la parole ! Dites quelque chose ! Il refusait, un *non* catégorique comme l'homme qui le proférait. Que voulez-vous que je dise ! L'opinion n'est pas mûre. Qui se soucie de ce que je pense ! Qui m'écoute vraiment ? Tous les arguments étaient bons pour protéger ce silence éloquent qu'il conservait. Stratégie encore : dans ce silence éloquent, c'était le mot *éloquent* qui comptait.

On disait qu'il attendait que les citoyens le rappellent. Cela n'était pas faux. C'était une coquetterie autant qu'une précaution démocratique. Pas de retour en force, mais la volonté (et la caution) du peuple, voilà ce dont il rêvait. On disait aussi qu'il regrettait d'avoir quitté le pouvoir. On disait qu'il trépignait dans sa grande bâtisse et manigançait pour le reconquérir. On disait tellement de choses ! Chacun de ses fidèles répercutait ses paroles. Cela faisait un manège qui tournait et tournait. De temps en temps Jean de Grandberger mettait fin à ce caquetage. *On* est un con, disait-il. Ou bien : Arrêtez un peu de jaspiner ! Je vais devenir chèvre ! Il possédait un registre de formules tordantes. Quand il s'agit de moi, s'amusait-il, tout a été dit, tout a été entendu. Pourquoi m'en veulent-ils tant ? Parce que j'ai fait ce qu'ils n'ont pas imaginé, claquait-il à sa femme. Il était fier de lui. Grandberger, dans ce pays, ce n'était pas rien !

On disait que le héros guettait l'occasion de montrer encore ce qu'il pouvait faire. Qui savait ? En tout cas le personnage cachait son jeu. Il en devenait aussi enfantin qu'une fillette qui se tortille dans sa nouvelle robe, attendant sans les solliciter les compliments qu'elle mérite. En somme le général de Grandberger ne voulait pas demander (ni même laisser voir son envie), il voulait être sollicité, prié, plébiscité, aimé. Que la foule scande son nom ! Il avait un goût particulier de ces ovations. Il aimait se sentir flotter dans la chaleur des autres, serrer des mains, encore des mains, puis, au-dessus des têtes comme des tournesols pivotant vers lui, lever ses bras ouverts en un grand V et parler. C'était un tribun hors du commun. Différent de tous les autres, indéfinissable, insaisissable aussi. Partout il se trouvait des gens pour lui faire la révérence. Comme à un roi. Il y avait réellement en lui quelque chose de royal. Lorsqu'il voyageait, était en visite, parlait, des hommes et des femmes se pressaient pour embrasser les étoiles sur son uniforme. Il caressait la tête des enfants. Il s'inclinait devant les femmes. Il serrait la main des hommes. C'était un hommage et une grâce qu'il leur accordait, il le concevait ainsi, eux aussi. Quand on ne le reconnaissait pas, il allait se présenter. Comment ?! Vous ne reconnaissez pas Grandberger ! Mes amis, vive notre Vieux Pays ! Vive l'Empire !

Pour l'instant, muet et solitaire, le tribun avait perdu le contact avec ses admirateurs. Ecrire était une chance de le renouer, car il était beaucoup lu. C'était aussi pourquoi il se donnait tant de mal. Il était ambitieux et orgueilleux jusque dans le monde des mots. Il souffrait. Les pages étaient si raturées que seule sa fille était capable de les dactylographier. Elle s'en chargeait avec patience.

Cette organisation familiale scellait la confidentialité. Maniaque du secret, le général ne goûtait rien tant que préserver ses effets et conserver l'impact des surprises. Les feuillets s'empilaient sur le bureau. L'homme était fier. La tâche était longue. Parfois il prenait un de ses visiteurs à témoin. Voudriez-vous que je vous lise quelques pages de mes Mémoires ? Comment refuser sans offenser l'auteur ? Avec plaisir, mon général. Quel honneur ! Quelle émotion ! Et la voix caverneuse s'élevait dans le bureau, chantant la mélodie que l'homme avait composée. Le livre était sa voix intérieure. On y entendait son intelligence du monde, sa persévérance et le flux soutenu de sa volonté. Les grandes phrases étaient rythmées. Sa prose à forte syntaxe possédait une périodicité régulière, quelque chose d'éminemment littéraire. La plume du héros ne faisait pas dans la petitesse. Son emphase imposante se pimentait de sa méchanceté : il était capable d'être drôle à force d'être cruel, piquant, et de viser juste.

Un jour la gaieté pointa dans sa grosse voix. J'ai fini, dit-il à sa femme, j'ai fini ce foutu labeur. Ils étaient à table. Elle posa ses couverts puis ses deux mains sur la table, et dit : Quel bonheur, mon ami ! Charlotte s'émerveillait encore de ce qu'avait accompli son mari, vaguement inquiète de ce qu'il allait désormais chercher pour s'occuper. Mais il était heureux, elle se réjouissait. Celui qui a terminé d'écrire un livre sait qu'il s'agit bien d'une victoire. Jean de Grandberger connaissait donc toutes les sortes de victoires, même celles que l'on remporte sur soi-même.

La publication était bien sûr arrangée. L'éditeur avait été choisi pour son sérieux, sa réputation et sa probité. Quand arrivèrent à la maison les premiers exemplaires du livre, le général de Grandberger pétillait de bonheur. Il sifflotait. Le premier exemplaire fut bien sûr pour Charlotte. Il lui prépara un paquet, nouant la ficelle de ses petites mains, penché sur son bureau, dans un ravissement, dans sa fierté. A table, le paquet était posé à droite de l'assiette, et Charlotte tardait à s'y intéresser. Vous n'ouvrez pas votre cadeau ? demanda le grand Jean.

En un mois, cent mille exemplaires furent vendus. Le succès était immense et mérité. Le Vieux Pays lisait Jean de Grandberger. C'était une manière de le retrouver.

15

Tu achetas aussitôt les Mémoires. Ton père qui les lisait nourrissait son approbation. Oh non, les cadavres n'étaient pas encore froids ! L'ancienne défaite et la débâcle de l'armée n'étaient pas oubliées. Le souvenir vivace de son retour à la maison, de son désœuvrement d'officier vaincu, était comme une brûlure qui cuit la peau longtemps après qu'elle s'est passée. Son sentiment de réparation était impérissable. Il rendait hommage à l'officier indiscipliné qu'avait su devenir Jean de Grandberger. Tu avais autant d'admiration pour l'auteur que pour l'homme de l'Histoire, mais ton âge t'affranchissait davantage. Ton alliance à une belle-famille qui ne partageait pas les positions du général t'amenait à te questionner. Tu lisais et tu réfléchissais. Tu tenais pour une chance de n'avoir pas eu à te prononcer pour ou contre l'une ou l'autre des factions qui avaient autrefois déchiré le Vieux Pays. Ces troubles irréparables avaient creusé un fossé entre ta génération et la précédente. Ce passé, où les hommes avaient été confrontés à des choix absolus et dangereux, raconté là par l'un de ses protagonistes, te plongeait dans la perplexité. Quel parti aurais-tu pris ? Ceux qui n'avaient pas suivi Jean de Grandberger, qui étaient-ils, quelles raisons les poussaient ? Tu ne voulais plus juger, tu voulais comprendre. Les épurations, les sentences, les bannissements, te semblaient indignes de la grandeur qu'ils étaient censés restaurer. Tu ne goûtais ni l'anathème ni la division de la nation. Tu songeais qu'il était donné à certains d'écrire l'Histoire. Ainsi les vainqueurs la créaient-ils. La vérité était souvent plus ramifiée, obscure, inaccomplie. Il y avait des profiteurs de l'Histoire, plus tard tu en serais certain. Le temps seul, et la sincérité volontaire de quelques-uns, pouvaient un jour redresser ce qui avait été tordu.

16

Au milieu des terres, la mer séparait la métropole et la Terre du Sud. L'indifférence que forgeait cette distance devenait insupportable aux militaires en permission. Il y avait des choses que l'on ne pouvait plus dire ! Le moindre débat s'enflammait. Les familles se déchiraient. L'affaire rejoignait celles qui dans l'Histoire avaient divisé le Vieux Pays.

L'affrontement réclamait des renforts. L'Empire envoyait ses enfants. La chose impressionnait Jean de Grandberger : la présence militaire du Vieux Pays était un fait indéniable, immense, qui le réjouissait autant que la démographie galopante. La jeunesse métropolitaine s'embarquait pour la traversée. Les citoyens, moins protégés du malheur, ne pouvaient plus ignorer la guerre. Leurs fils y étaient appelés.

Les fils découvraient les grandes plantations, les forêts d'oliviers et de chênes-lièges, les renards et les sangliers de la montagne, l'énorme chaleur qui chauffait la terre et faisait poudroyer des mirages. Les fils discernaient l'ampleur de ce qu'il fallait établir qui n'avait pas été accompli : les routes, les écoles, la terre, qui n'avaient pas nourri les indigènes. La pacification ne pouvait négliger la justice et le développement, car la misère et la faim étaient les ferments increvables de la révolte. Les accrochages continuaient.

Quelques corps rapatriés dans des cercueils de métal firent parler. Les rumeurs devenaient l'air que respirait la métropole. Les gens y réclamaient déjà l'arrêt de cette guerre, quitte à abandonner la Terre du Sud à son indépendance. Le discours officiel n'était pas celui-là. L'armée ne se battait pas pour rien ! Le Vieux Pays refusait de céder au terrorisme. Mieux, il s'appuyait sur cette violence pour attirer dans son camp ceux des indigènes que terrorisaient les rebelles. L'Empire armait des groupes civils autochtones, les instruisait pour l'autodéfense, les compromettait irrémédiablement aux yeux des rebelles et de leur pays. Les circonstances acculaient ces hommes. Un drame s'orchestrait. La cicatrice en courrait dans l'avenir comme une sinuosité tragique.

Le peuple rallié était sommé de trahir : aux populations, l'Empire réclamait des dénonciations. Comment les obtenir ? Nous avons des méthodes spéciales, disait le capitaine Barrès, et nous n'hésitons pas à les employer quand il y va de la vie de centaines ou de milliers de civils.

17

Que pensez-vous de la situation ? Comment voyez-vous les choses de votre côté ? demandait le général de Grandberger à son interlocuteur. Très courtois, le général l'avait accueilli debout à la porte du bureau. D'abord un peu raide et froid, il s'était montré de plus en plus affable, déployant son charme. Et quand le moment de finir était venu, il n'avait pas voulu laisser partir le visiteur sans le prier de donner son opinion. C'était une injonction : vous qui m'avez écouté, vous n'êtes pas sans entretenir une idée des choses. Dites-la-moi !

Il fallait lui répondre, avec clarté et précision, et se montrer compétent et sincère – sans détours ni finasseries. Et ça n'était pas si facile. Devant Jean de Grandberger, la plupart des gens étaient troublés à la pensée qu'ils étaient en sa présence. Jean de Grandberger ! L'idée les bouleversait. A cela s'ajoutait ce physique qui hypnotisait. Personne n'avait jamais rien vu de pareil chez un homme : ni la formidable stature, ni le maintien souverain, ni le visage, aussi étonnant que disgracieux, avec des oreilles comme deux nageoires atrophiées sur un mammifère marin, et le nez important sous ce front proéminent qui écrasait les sourcils vers le bas (la longue habitude du képi ayant dû accroître ce trait). Et malgré tant de disharmonie, il fallait admettre le charisme, l'ascendant, l'idée glorifiée de lui-même et de son vieux pays. Il représentait ce pays ! Jean de Grandberger était une exception physique, intellectuelle, historique, et c'était bien ainsi qu'il se vivait désormais. Quel triomphe ! Quelle malice de la vie ! Si longtemps enfermé dans ce grand corps mal foutu, avec ses longs bras et ses pieds immenses, il était de ces timides qui ont apprivoisé leur carcasse. Dans cette bataille personnelle, il avait acquis le souci d'impressionner. Il faisait tout pour cela. C'était inattendu et camouflé, mais il travaillait ses effets. N'avait-il pas payé pour apprendre que l'aspect physique n'était ni indifférent ni anecdotique ? Non seulement l'apparence faisait partie de son personnage mais elle le créait. Au final sa présence était si intense qu'il pouvait susciter des paniques. Le général ne l'ignorait pas. Lorsqu'il était de mauvais poil, il en faisait des railleries. Mais il possédait une vraie sensibilité. Les autres l'intéressaient. S'il s'en émouvait, il préférait ne pas le laisser voir. La bienveillance était réelle, qui souhaitait une parole simple et vraie, que les gens donnent un bel avis, ce qui n'ôtait rien à l'injonction exigeante d'être perspicace et complet. Les affaires du monde, le général les cernait par toutes les intelligences. Il ne faisait l'économie d'aucune clairvoyance. Voilà donc ce qu'il explorait encore avec l'historien chanceux qui avait gagné le droit de connaître la pensée du grand homme.

Raoul Thévert était souvent reçu en audience. Mon général, vous me demandez mon avis, je dois vous dire que je ne suis pas optimiste. La situation politique ne m'y porte pas. Le général enchaîna aussitôt : Quel pays saurait se passer d'une ambition ? Sûrement pas notre Vieux Pays ! gronda-t-il pour confirmer l'impression. De défaites en abandons, que voulez-vous trouver qui lui vaille ! C'était parler de ce qui le mortifiait. Le héros était blessé par la perte des colonies. Plus rien ne pourrait être tenté pour maintenir une trace féconde de l'Empire. Plus le temps passait, plus l'unité s'éloignait, plus les chances diminuaient. Il fallait faire des réformes il y a dix ans, dit Jean de Grandberger.

Le biographe allait et revenait sur les sujets déjà abordés de sorte qu'il fût sûr de son exégèse. La conversation, à bâtons rompus (ce qui était rare et précieux), caressait toute l'actualité. Le général de Grandberger pensait de tous côtés : le monde en deux blocs, les géants, nos anciens sauveurs qui voulaient nous bouffer (c'est de bonne guerre, chacun défend ses affaires !), les peuples endormis, les couchés, ceux qui ne valaient rien, ceux qui n'étaient pas si méchants, le rayonnement du Vieux Pays, la gloire d'antan, l'indépendance nationale, les épiciers et les notaires, la classe politique, le système des partis, un peu de philosophie, une goutte de littérature (avez-vous lu le dernier prix Goncourt ? C'est l'histoire d'un homme détaché du monde. Comme moi !), et bien sûr la situation en Terre du Sud. Le verdict tombait : nous la perdrons. Le concert international entonnera sa partie. On ne pourra plus lever le petit doigt ! Et c'en sera fini de l'Empire. Ce ne sera la faute de personne. Prémonition. Le Vieux Pays se ratatinera sur lui-même.

C'était une préoccupation : l'Empire rapetissait à vue d'œil ! Où s'interromprait la suite de ses désastres ? Il fallait un coup de théâtre, changer la donne ! Il nous manque un Etat fort. Nous pouvons être grands et attrayants ! Nous sommes pris dans un mouvement général du monde. Même un imbécile le comprendrait ! ajoutait le général de Grandberger. C'était l'idée qu'il se faisait des événements : personne n'arrêterait le mouvement revendicatif des indigènes. Il était triste, amer et inquiet, railleur par dépit. Les imbéciles ne manquaient pas ! Inutile de leur parler. La Terre du Sud s'émanciperait sans eux. Ce serait long et il y aurait beaucoup de dégâts. Si j'étais resté, je sais bien ce que j'aurais fait, disait le chef. Mais je me tais, murmurait Jean de Grandberger. Rien ne sert de parler quand on ne peut agir !

L'entretien s'achevait. Si vous saviez comme je déteste ma vieillesse ! dit Jean de Grandberger. Le visiteur secoua la tête avec une moue qui voulait nier cette vérité. N'en doutez pas, insista le général, je suis un vieux qui n'y voit plus clair. Il s'essuya la tempe comme si une larme y coulait. C'était d'autant plus singulier à entendre que ce novateur voyait clair dans les affaires. Se décevait-il de vieillir comme tout le monde, lui qui se connaissait un destin unique ? Un accent pathétique contrebalançait la retenue de son propos, confidence inhabituelle, faite d'un ton bas et égal. Il tenait à la main les grosses lunettes foncées que l'âge avait collées sur son nez. Deux poches gonflaient le dessous de ses yeux enfoncés dans leur orbite où la peau s'était plissée. A nouveau le corps était vainqueur (la carcasse s'imposait). Cette fois ce n'était plus la laideur mais la vieillesse. Elle était là. Jean de Grandberger voulait l'oublier. Récemment il avait fallu l'opérer. Il disait : *Je ne souhaite à personne de souffrir comme j'ai souffert.* C'était l'une des formules toutes faites de sa génération.

Tournant un instant le dos à son interlocuteur, le grand personnage regarda par la fenêtre. Dehors le crépuscule éteignait le parc. Les vieux arbres dessinaient des silhouettes déjà noires sur le ciel en train de s'assombrir. Le cabinet de travail tombait dans le soir. Le général de Grandberger n'alluma pas la lumière électrique. L'heure était aux économies. (Avec quoi croyez-vous que nous vivions ? avait déjà répliqué Charlotte à son mari qui s'étonnait des disparitions de quelques pièces d'argenterie.) Il y avait comme une harmonie de ténèbres. Jean de Grandberger se tenait si droit qu'il paraissait cambré. Il se sentait perdu, oublié, muselé. N'avait-il jamais su que les gens sont oublieux ? Ou bien était-il de ceux qui ne se laissent pas oublier ? Quelque chose en lui demeurait royal, d'une façon si naturelle qu'aucune condescendance ne s'y mêlait.

Le vieil homme soliloquait. Tant qu'on a toute sa force, comment s'imaginer la perdre et se trouver vulnérable, misérable devant sa vie... et puis quand on vous perce le corps ! Alors là on découvre que l'on ne pourra rien faire sans ce foutu véhicule. Non, dit-il résolu, on ne peut pas aimer la vieillesse. La déchéance physique, c'est inacceptable pour une volonté. On a envie de se dire à soi-même : Allez ! Debout ! Et on ne peut obéir. J'ai envie de me cacher, finit-il. Plus jamais je n'apparaîtrai en public. Le héros connaissait l'abattement et le découragement avec la même fureur qu'il trouvait pour se jeter dans l'action. Et si le pays vous appelle ? protesta l'interlocuteur troublé par cette désespérance. Ah... si le peuple m'appelle, alors évidemment je serai là. Et debout ! La voix de caverne s'était renforcée. Elle n'aurait su mieux dire que le pays était l'énergie de cette vie-là : la joie de le servir, l'espérance de décider, l'orgueil de réussir, et la gloire ! Jean avait dit et redit ces piliers qui le soutenaient. Il n'était pas peu militaire. Stratège dans l'âme, il pensait la guerre partout. Sans la guerre, c'est l'enlisement ! clamait-il. Jean de Grandberger était le champion du mouvement. Voyez-vous, Thévert, on fait la guerre ou on fait la paix, dans tous les cas il faut faire quelque chose ! Et encore faut-il se donner les moyens. Il claironnait ses principes depuis si longtemps ! Il se désespéra, grand comédien. Si on ne fait rien ! Boooh ! Son expression prit un air de dégoût. Le journaliste averti demanda : Voyez-vous advenir un conflit mondial ? Le général s'intéressait passionnément à la bombe. Il s'exclama : Vous verrez, Thévert, un jour tout le monde aura la bombe. Et elle partira, hop là ! sans même qu'on sache comment. Ses bras immenses battirent l'air. L'énergie lui venait par ses idées. Il s'emporta dans son inspiration : Personne n'y sera pour rien. Ce sera la faute de tout le monde. Et tout le monde souffrira. On ne fait pas toujours la guerre par choix ou par envie. C'est arrivé des centaines de fois ! Une guerre est finie. Une guerre reprendra. La guerre va et revient. Ne nous leurrons pas : l'avenir et la guerre c'est tout un. *L'homme est une méchante bête !*

II

LE MALENTENDU

1

Le général de Grandberger maniait le silence, l'éloquence et l'ellipse. L'ensemble faisait un grand tintement d'intelligence politique. Voilà un homme qui de façon naturelle composait un vocabulaire à la raison d'Etat. Quelle que fût l'occasion, il savait parler. Mais qui l'écoutait vraiment ? Il n'avait pas tort de poser souvent la question. Et qui le connaissait ? Il ne cherchait pas à être connu mais à être exaucé. C'était un dominateur paisible et sûr de sa grandeur. Ceux qui le croyaient dogmatique (sans doute parce qu'ils l'étaient eux-mêmes) se trompaient. Jean de Grandberger était d'abord réaliste. Il traquait les mouvements du monde afin d'y inscrire les plus favorables à son pays. Il rêvait peu, du moins ne s'intéressait pas longtemps aux espérances impossibles. Ce qui se pouvait faire se faisait : ses rêves devenaient des décisions et ses obsessions étaient réelles. *Les hommes sont les hommes*, répétait-il. S'il en éprouvait le regret et l'incontournable évidence, c'était qu'il n'imaginait pas de les changer, même lorsqu'il déplorait leurs agissements. Jean de Grandberger n'était idéaliste que pour lui-même. Il se battait, il acceptait la défaite, il se battait encore. La vie était un combat. Celle des individus, celle des peuples et des nations, était remplie de problèmes. On leur cherchait des solutions, qui ne les résolvaient pas forcément. Eh bien, les individus, les peuples et les nations vivaient avec leurs difficultés ! Fataliste aussi, le général était capable de dire à des sujets contrits ou furieux : Eh bien oui, vous souffrirez ! Vous souffrirez mais cela se fera (il voulait parler de sa politique) !

Lorsqu'il réfléchissait, il disait : *Les choses étant ce qu'elles sont.* Il n'éludait pas. Son mouvement épousait le contexte. L'action seule importait, toujours vouée à l'avenir, et qui ne devait être ni différée, ni mal pensée, ni noyée dans les bavardages. L'homme de l'Histoire n'était pas un homme du passé. Il haussait ses conceptions à la nouvelle mesure du présent. Une idée en lui se transformait dans l'orchestration de l'instant, faisant progresser l'ensemble de ses avis. Pareille dynamique intérieure expliquait qu'on le prît pour un autre. Il avait souvent un temps d'avance.

Des cascades d'événements révoquaient le passé. Comment être plus têtu que les faits ? pensait le général. Nul ne pouvait. Les faits recomposaient la pensée et la politique. Ce qui avait été s'éteignait. Bien sûr quelques hommes désiraient répéter ou perpétuer, refoulaient, réprimaient, amadouaient, rêvaient, dans ce vaste mouvement du réel qui les brassait. Voilà ce qui se passait sur la Terre du Sud : l'élan vers l'avenir rencontrait la volonté de maintenir ce qui avait été. C'était le choc. Jean de Grandberger saisissait d'un regard cette bataille du présent. Il connaissait lui aussi la nostalgie, une volonté personnelle et des ambitions difficiles, mais il ne gommait pas le réel. Sa réflexion en perçait la matière et la vérité. La Terre du Sud s'était éveillée avec l'âme d'une nation ? L'action de pacification n'endiguait pas le mouvement de libération ? Qu'à cela ne tienne ! Personne n'y pourrait rien ! Le général refusait de s'ébahir ou de ratiociner : les états d'âme, non merci. Abandonner cette terre le mortifiait, mais le temps des empires était bel et bien révolu.

A quelques visiteurs choisis, il asséna des propos radicaux.

— On ne tient pas une nation par la force !

Il regardait par la fenêtre les paysages si typiques de son Vieux Pays, envahi, laminé, toujours ressuscité.

— On peut bien envoyer un million d'hommes en Terre du Sud et larguer des tonnes de bombes, on ne changera pas le destin de ce pays.

— La Terre du Sud, dans l'esprit de son peuple, est devenue une nation. Qu'on le veuille ou non, elle a vocation d'Etat et l'Empire la perdra.

C'était dit. C'était pensé.

— Vous verrez ce que vous verrez !

Le général était sûr de lui. A ses yeux, les rebelles avaient déjà gagné leur liberté. Il s'agissait de se montrer constructif. Que voulaient-ils s'entendre répondre ? Eh bien, il le disait ! Mais oui, il disait ce qu'ils voulaient !

— Je dis ce qu'ils veulent. Et maintenant, *comment* s'y prend-on ?

Il attrapa la pince à feu, remua les braises, ajouta une bûche et se tourna vers son visiteur :

— Hein ? Comment s'y prend-on ? C'est toute la question !

Aucune réponse ne venant, il regarda l'heure à la pendule.

— Allons déjeuner, dit-il en tapant dans ses mains. J'ai l'impression de n'avoir pas mangé depuis deux jours !

Et la grande silhouette s'effaça pour laisser son visiteur passer la porte du salon.

La conversation se poursuivit autour de la table. Charlotte ne disait mot. Le maître de maison ne craignait pas de parler sèchement. Avoir un temps d'avance ne l'avait jamais effrayé.

— Dans cette affaire, tout sera dans la manière, dit le général. Souplesse et esprit de décision, il n'en faut pas moins en face de ces mendiants. Ne les sous-estimez pas ! Ce sont d'habiles politiques.

Comment donner l'indépendance de manière à préserver les intérêts en jeu ? Là-dessus le patriote avait son idée. Son orgueil veillait au grain : on ne prenait rien au Vieux Pays ! C'était à la grande nation d'octroyer. Il ne fallait en aucun cas se laisser arracher des lambeaux, brader dans la défaite les trésors en sa possession. C'était à quoi il tenait, ce sur quoi il insistait. La victoire militaire demeurait donc cruciale.

— Il faut gagner la guerre. Ensuite, quand les armes seront posées, nous pourrons négocier. Voilà ce que je dis souvent à Charlotte, dit le stratège en regardant vers sa femme.

Pour le moment, l'armée tenait le terrain, il s'agissait d'en profiter. C'était le calcul du politique. Son opinion était faite. Si nouvelle, tournée vers un avenir différent, elle n'était plus celle qu'on lui prêtait, ni celle qu'on attendait de lui.

Jean de Grandberger était ainsi fait : à la fois combatif et fataliste, qui d'une bataille soupesait l'enjeu et l'issue probable. Le discernement faisait la valeur du choix entre l'abandon et la bagarre. Circonscrire l'inéluctable et ne pas épuiser ses forces à lutter contre. De cela le général s'était fait une spécialité. Rien n'arrêterait le mouvement de revendication indigène. Il n'y avait pas d'autre solution que l'indépendance. Elle était naturelle autant par le mouvement du monde que par la géographie. Connaissez-vous un pays coupé en deux par une mer ? demandait-il à son épouse. Charlotte avait le mérite, sur cette question, de se laisser convaincre. Cela n'existe pas ! disait son grand Jean. Il faisait les questions et les réponses.

— L'Empire ne saurait devenir une nation unie et homogène. Ceux qui en rêvent sont des aveugles ! Ces indigènes sont trop différents de nous, clamait-il en faisant un grand cercle avec le bras. Il aurait fallu les convertir... Des forces gigantesques et légitimes sont en jeu : l'Empire n'élèvera pas de digue contre l'océan de la liberté. L'indépendance, c'est le sens de l'Histoire. On ne se bat pas contre !

Certains interlocuteurs croyaient rêver. Le sens de l'Histoire ! Autrefois Jean de Grandberger avait écrit que ce concept ne servait qu'à rassurer les faibles et n'existait pas ! Un jour il l'avait renversé, aujourd'hui il voulait s'y soumettre ? Comme il avait changé ! pensaient les visiteurs qui l'entendaient. Ce n'était pas la première fois pourtant que le général évoquait la liberté des colonies et l'éducation qui devait préparer ce cadeau. La remarque n'était pas dénuée d'un sentiment de supériorité. Au nom de son pays, le général distribuait avec orgueil. Les indigènes n'avaient plus qu'à bien se tenir ! Leur révolution, quelle barbe ! S'ils devenaient un boulet qui entravait l'action du Vieux Pays, s'ils altéraient son rayonnement, alors le général n'aurait de cesse qu'il ne s'en déleste ! L'idée d'un tel poids commençait déjà à le lasser. Si j'étais au pouvoir... je sais bien ce que je ferais.

A un proche qui croyait encore à l'Empire, il le répéta.

— Vous me parliez de la Terre du Sud. Ne vous faites pas d'illusions, il n'y a plus rien à faire. Oui, Jean de Grandberger était réaliste. Il aurait pu s'exclamer : Vous croyez que ça me fait plaisir ? Bien sûr que non ! Mais c'est comme ça. Alors il faut faire avec, et chercher une nouvelle voie. Pour la Terre du Sud, il n'excluait pas que perdurât un amour restauré envers le Vieux Pays. Il savait se prendre à dessiner des coopérations délicates, des toiles d'araignée éternelles. Le Vieux Pays était à ses yeux comme une fiancée promise : il la voulait belle, pleine d'attraits, charmeuse et fine dans l'alliance. En métropole, ou dans la capitale blanche au bord de la mer, disséminés partout, actifs, les mousquetaires de Jean de Grandberger ne pensaient qu'à la pérennité de ce mariage, effaçant d'un revers le divorce à quoi s'était presque en secret résolu leur chef.

2

Tu ignorais ces revirements, ces manigances. Eloigné de l'action politique et des groupes partisans, rêveur dans ton jardin, assis dans un transat de toile, une petite fille sur les genoux, racontant une histoire, souriant à Mathilde, lui caressant le bras quand elle passait près de toi pour s'en aller préparer du thé. Tu distribuais des biscuits à tes filles en leur faisant choisir une main derrière le dos. Tu riais de leur vigilance enfantine. En somme tu te partageais entre deux mondes, le monde rieur de l'enfance et l'autre. Celui où les idées pouvaient mener à la guerre. Tes frères se battaient en Terre du Sud. Vous pensiez que ce combat était juste. Aucune amertume ne désunissait le patriotisme familial. Les hommes acceptaient leur devoir, qui passait avant leur vie, leur famille et leur avenir. Votre volonté était de protéger ceux qui, là-bas, malgré la rébellion, réclamaient de rester citoyens de l'Empire. Le terrorisme nationaliste ne visait que des civils, tu jugeais légitime et obligatoire de réduire les rebelles. Ton jeune frère n'était pas sur terre pour tuer des pauvres gens, mais pour les défendre. Ceux qui chantaient le contraire te semblaient n'avoir rien compris. Les grèves qui paralysaient le Vieux Pays te mettaient dans une froide colère lorsqu'elles touchaient les usines qui, pour la Défense nationale, fabriquaient les engins auxquels tu travaillais avec un sentiment d'urgence. Tu faisais partie de ceux qui venaient de réclamer par lettre au président de la République le retour de Jean de Grandberger. Mathilde elle-même avait écrit à ta demande. Tu n'avais aucune raison de te méfier. Les officiers étaient confiants. Personne ne mettait en doute la détermination du grand général à garder la Terre du Sud.

Comment aurais-tu été capable d'entendre celui que vénérait ta famille parler du sens de l'Histoire, de la géographie et de l'indépendance inéluctable ?! Il fallait voir les choses comme elles étaient ? Mais comment étaient-elles ? aurais-tu dit. Comment étaient-elles pour celui qui avait le sentiment de les faire en même temps qu'il les regardait ? C'était toute la question de ce moment. Mais personne ne la posait.

3

Car Jean de Grandberger restait discret. Il ne pensait pas comme on croyait, mais se gardait bien de détromper ceux qui s'illusionnaient. De ses nouvelles idées, le général n'écrivait rien. Le secret était une manie qu'il avait portée au rang de décision politique. Diplomate quand il le voulait, stratège et calculateur, il ne se livrait qu'en privé.

En public il ne soufflait mot, jouant à être celui qu'on croyait qu'il était. Quelques ministres le sollicitaient. Ses avancées auraient pu faire progresser l'opinion. Ils demandaient : Dites que vous avez changé d'avis. Dites ce que vous pensez. Jean de Grandberger s'y refusait. Par fierté, autant que par calcul. Le grand homme n'était pas fait pour être utilisé mais pour commander. Bien plus que donner son avis, il voulait être appelé à le mettre en œuvre. Lui seul pouvait sortir le Vieux Pays du guêpier où il se trouvait. Il en était convaincu et savait comment il s'y prendrait. L'indépendance, voilà qui réglerait l'affaire séance tenante, pensait Jean de Grandberger, si innocemment qu'il ne l'aurait pas formulé de cette manière. C'était à peine s'il savait qu'il le pensait. Son flair lui soufflait que l'opinion n'était pas prête à entendre de pareilles choses. Alors pourquoi les dire ! Pourquoi risquer de se la mettre à dos ? Laissons pourrir la situation, soufflait le stratège à ses troupes. Que se passerait-il ? Les citoyens souffriraient de la guerre. Ils réclameraient au Vieux Pays de renoncer à ce qui causait ses malheurs : l'Empire.

Un désastreux malentendu se préparait : le plus illustre des citoyens allait être rappelé au pouvoir pour mener à bien une mission dans laquelle en réalité il ne croyait plus. Pire : cette affaire l'ennuyait, qui le détournait de ses obsessions, la bombe et la guerre, les deux grands et le rôle du Vieux Pays. Il se taisait, attendait le pouvoir comme un fruit, et se préparait à faire le contraire de ce qu'on allait lui demander. Omission trompeuse ? Rouerie ? Trahison nationale ? Naïveté des espoirs ? Erreur d'appréciation ? La question ferait parler. Le général avait tellement foi en lui-même qu'il n'était pas de mauvaise foi : le pauvre se croyait capable de tout changer par sa seule apparition. Vanité et candeur de héros. Dans cette affaire de rébellion qui durait, il se prenait pour le *deus ex machina*. Mais il lui fallait le pouvoir. Ah ! que ne ferait-il pas quand il tiendrait les rênes !... A cette idée, sa pensée s'envolait. Il oubliait ces idées d'indépendance et sa résignation. Il ressuscitait sa force unificatrice. L'Empire ! Je suis le salut ! disait-il parfois. Et le salut frappait du poing sur la table, refusant qu'on se moquât de lui. Qu'est-ce qu'on attendait pour rappeler le salut aux commandes ?

Sa conviction aimantait celle des autres. Il était le salut. Tout le monde le croyait avec lui. Et voilà ! Ce fut le mois de mai propice aux élans. Rassemblée sur les flancs de la ville blanche qui grimpe au-dessus de sa baie, une foule clamait son désir d'unité. La capitale au bord de la mer hurlait ses passions. Indigènes et colons fraternisaient comme si rien ni personne ne les séparerait. Ils oubliaient la guerre, les embuscades, les bombes dans les églises et les cinémas. Les rebelles restaient cachés, effarés par ce grand mouvement qui submergeait leur cause. Comment prévoir cette main tendue des colonisateurs ? L'unité et la justice plutôt que la guerre et la séparation ! La conviction des colons cuisait, leur volonté durcissait sous le soleil. Ils réclamaient un chef gagné à leurs raisons et qui les ferait triompher : l'Empire deviendrait une seule nation.

L'armée entourait indigènes et colons dans le cercle rassurant de sa force. Sur la Terre du Sud, l'unité avait d'ardents défenseurs. L'armée n'était pas le moindre. Ses promesses avaient scellé son corps à cette terre qu'elle défendait depuis quatre ans. Le général de Grandberger en était le champion tutélaire. Il était l'arbitre réconciliateur que l'armée réclamait. Le sauveur, l'âme de la nation, l'homme capable de rassembler. La foule criait : Grandberger au pouvoir ! Grandberger au pouvoir ! L'armée de la pacification s'émerveillait et ses chefs s'écriaient avec le petit peuple : Vive Grandberger !

On peut vraiment se tromper d'homme.

Le sauveur se faisait prier (mais sa satisfaction enflait). Le gouvernement en place se montrait réticent (être remplacé est souvent désagréable). Jean de Grandberger était sollicité : Intervenez ! Dites quelque chose, mon général ! N'avait-il pas des idées sur cette crise qui secouait l'Empire ? Il en avait. Bientôt la conférence de presse, annoncée depuis plusieurs jours, fit résonner partout la vieille voix caverneuse alourdie de passé. En plein cœur de l'après-midi, après des années de silence, fringant pour son âge, galvanisé par ses retrouvailles avec les micros, antichambre de l'action et du pouvoir politique, Jean de Grandberger parla. Enfin il était là, en costume foncé, assis derrière une table, entouré de journalistes, ravi, guilleret, vif et mordant, répondant du tac au tac avec humour et sûreté. Une onde de bien-être et d'heureuse volonté le portait à l'expression qu'il avait retardée.

Brisant le silence, le héros ne dévoila pas son programme. Il pensait ce qu'il disait, mais ne disait pas tout ce qu'il pensait. D'ailleurs cela aurait été beaucoup trop long. Il évoqua le sort du pays à grands coups de pinceau : l'épreuve et le danger, la chance peut-être d'une résurrection, le salut qui était en lui, et comment il sentait qu'il pouvait encore être utile à son pays. Il fit de l'humour : Qu'on cesse de craindre qu'il soit un dictateur ! Il n'était que l'humble serviteur de la Patrie. Au-delà de la mer, croyant mener la danse, la capitale blanche fêtait déjà son retour. Sous le soleil, une foule allait et venait qui lançait comme des ballons dans l'air le nom de Jean de Grandberger.

4

Tu vibrais à ce nom crié par le peuple. Ton espoir s'incarnait une nouvelle fois dans le grand personnage de ton temps. De lui, tu attendais tout : la paix, l'unité, l'Empire. Ta foi dans sa réussite était intacte. Tu voyais l'homme d'Etat en oubliant la bête politique. Le célèbre général avait derrière lui toute l'armée. Les militaires avaient juré, devant tant de cercueils, de garder la Terre du Sud dans l'Empire ? Cette alliance rassurait. Le seul nom de Grandberger galvanisait ce qu'il y avait de plus loyal dans les hommes : le sens de la liberté et la fraternité. Tu te réjouissais : enfin le Vieux Pays serait gouverné par quelqu'un qui n'était pas comme tout le monde. Tu priais pour que le héros de ton père acceptât la mission que le pays allait lui confier.

Plus tard tu te demanderais comment tu avais pu t'en inquiéter ! Le vieux singe ne pensait qu'à reprendre les rênes ! Il voulait le pouvoir à tout prix ! Quitte à se parjurer. Il l'attendait depuis douze ans. Il n'avait pas hésité à tromper le monde pour satisfaire son ambition. Mais à l'instant de son retour, tu l'ignorais et plongeais dans le contentement et la confiance.

5

Tout se passait comme Grandberger l'avait souvent espéré. Crise, souffrance et lassitude ramenaient dans sa main le Vieux Pays. L'ancien sauveur avait attendu de reprendre du service, à la manière d'un serpent lové dans sa puissance. A force de croire à son destin, il l'avait ressuscité. Les plus attachés à l'Empire scandaient maintenant son nom : lui seul possédait l'envergure pour sauvegarder l'unité. C'était méconnaître les nouvelles pensées du visionnaire. C'était oublier sa passion du mouvement et de l'avenir.

Mais peu lui importait, Jean de Grandberger exultait en silence. Voilà que devenait tangible le miracle de son prestige. L'Empire le rappelait pour en finir avec cette interminable affaire en Terre du Sud. Il était seul, retiré chez lui, il lisait, il écrivait, il marchait dans les bois, c'était le printemps, et on venait le chercher ! Le pays avait besoin de lui. Le président le convoqua. Quel bonheur ! Quel soulagement ! Jean de Grandberger se déclara prêt. Trois jours plus tard son nouveau gouvernement était investi. Le stratège n'avait pas levé le doigt pour signaler que l'armée se trompait de bonhomme. Quelle importance avaient les raisons et les buts ? Il s'arrangerait toujours ! Seul comptait d'être réclamé. Pour tenir les rênes, Jean de Grandberger n'était pas indisposé par le mensonge. Qui a dit que gouverner était une tâche d'enfant de chœur ? La raison d'Etat existait, et ceux qui le savaient, que Dieu ait pitié d'eux.

Grandberger connaissait un nouveau sacre. Il recevait la magistrature suprême. Bien sûr il y avait des opposants. Ça criait dans la rue : Grandberger au musée ! Ça brandissait les spectres du coup d'Etat et de la dictature militaire. C'était l'armée, et de surcroît indisciplinée, qui ramenait l'ancien sauveur, firent remarquer quelques malins. Mais Jean de Grandberger s'était mis en marche pour réaliser ses vues. Adieu les grands hêtres et les halliers, adieu le silence, la solitude, la plume et le papier, bienvenues les affaires et la guerre. Me voilà !

Ses idées étaient claires au-dedans. Il avait eu le temps de réfléchir. Il savait ce qu'il voulait pour son pays. Sa foi dans son propre prestige était intacte. A vrai dire, il croyait que sa seule présence changeait la donne. Les rebelles en tremblaient sûrement. Le Vieux Pays allait s'illuminer de sa splendeur passée et devenir attrayant. Jean de Grandberger martelait sa volonté. Son cœur battait si fort que son âge le tracassait. A son médecin, il confia : Je suis trop vieux. A Dieu, il demandait : Donnez-moi dix ans. Et sa chère Charlotte surveillait ce qu'il mangeait. A table, elle lui parlait un langage codé, prenant ou posant ses couverts : Ça oui, ça non ! Fais de ton alimentation ta première médecine : le grand homme obéissait à son épouse.

Et tout de suite le premier voyage emporta le nouveau chef en Terre du Sud. Sans augurer des choix à venir, restaurer le sentiment d'unité nationale était crucial. Le grand homme arrivait déterminé dans la capitale de soleil. La ville vibrait à son nom. Ses admirateurs avaient fabriqué des pancartes sur lesquelles, au-dessus des têtes innombrables de la foule, se balançait son visage d'autrefois, une grande figure rehaussée par le képi. Physiquement il n'était plus le même. Le temps avait épaissi sa minceur, ses traits étaient moins lisses, ses cheveux blancs et clairsemés. Forcément certains le remarquaient. Fallait-il être déçu ? Ils auraient pu. Personne ne voulait l'être. Non. L'envie de liesse l'emportait sur toutes les lucidités, et balayait les malheurs que le grand général venait résoudre. Un espoir fantasmatique l'avait élu. Il était attendu et acclamé. Son nom était hurlé pour conjurer le destin. En uniforme, marchant au cœur du cortège des généraux étoilés, suivi par des voitures et des motos, traversant des nuages de confettis descendus des fenêtres, il s'avançait, avec son port royal, vers l'immeuble monumental que le soulèvement populaire avait enlevé. Il parlerait à la foule du haut de cette terrasse.

6

Voilà, il est au balcon, debout devant les micros. Il domine cette mer d'hommes agités par une fièvre oublieuse, dans une pause de la vie et de la guerre, créant une fraternité chimérique entre ceux qui depuis cent ans ne se regardaient pas. C'est une communion dans le délire. La foule acclame Jean de Grandberger comme on acclame l'espoir à portée de sa main. Le bruit est immense, insurmontable : impossible au tribun de couvrir le grondement de cette ovation. Comme il est à l'aise ! Ravi, vaillant et calme. Pas de fatigue, pas de surprise. A la manière d'un chef d'orchestre, il baisse ses bras de haut en bas, comme s'il plaquait des accords sur un piano invisible, comme s'il saupoudrait de silence l'immense place euphorique à laquelle il réclame de s'apaiser. Le silence vient. Attention ! Jean de Grandberger va parler !

Il s'élance dans le discours qu'il a écrit et répété. Mais l'inspiration l'envahit et le transporte : le premier mot d'une phrase qu'il n'avait pas préparée se propose. C'est la récompense de cette effusion de la foule et de sa communion. Je... A peine a-t-il proféré ce petit pronom que les acclamations démesurées recouvrent sa voix. Il s'interrompt. Il sait qu'il devra danser sur cette musique, glisser ses mots entre leurs cris, s'appuyer sur leur élan pour propulser sa loi dans ce pays. Et c'est ce qu'il fait, une phrase après une autre, suscitant des vivats, sous le brasier du soleil, soulevant les gens massés les uns contre les autres, caressant leur émotion, en répétant toute la compréhension du monde, je sais, je vois, je comprends, puis toute la volonté de servir, je déclare, je veux. Je veux que nous soyons frères égaux pour rebâtir demain la Terre du Sud. L'appel à la fraternité bouleverse. Les applaudissements et les cris crépitent dans l'air chaud. Personne ne réfléchit. Chaque membre de la foule est traversé par un courant d'humanité : équité, bonté, partage, ces choses qui ont manqué sont offertes à chacun, sur la grande place remplie d'hommes, de femmes, d'enfants et de jeunes militaires. Tous sont témoins de cet instant sans haine et sans brimades. Les milliers de bouches entonnent le grand chant du peuple vainqueur. Ça parle de sang et de patrie, tout ce qui fait frémir ces gens depuis quatre ans. Les regards embués se croisent dans des sourires, les mains se touchent, les sourires se sourient. C'est un rêve réalisé. Jean de Grandberger boit la joie, le peuple a bu ses paroles.

Son éloquence est prodigieuse. Elle vient de son intuition, d'un contact magique qu'il noue avec la foule, dans la passion de la soulever et de lui plaire. On met ce pouvoir sur le compte de sa voix, qui pourtant n'est pas placée, pas belle, parfois bêlante, discordante même. Plus que la voix, ce qu'elle profère transporte les âmes. Vigilante sentinelle d'un idéal, Jean de Grandberger garde le sens de la grandeur. Il électrise la foule en rejetant mesquinerie et petitesse pour placer au-devant de la scène les valeurs qui tiennent sa propre vie : l'honneur, la grandeur nationale, l'ardeur citoyenne, la fraternité entre les peuples, et l'avenir à construire comme une cathédrale. Il est à l'aise dans ce qu'il dit. Sa sincérité flamboie, tonitruante, grandiloquente, qui bouleverse parce qu'elle lave de la banalité. Des choses profondes et ressenties se trouvent dites avec les bons mots. Elles touchent. Elles suscitent l'adhésion. Jean de Grandberger pourtant n'est pas clair ou l'est sans l'être. Il se trouve clivé, tiraillé entre ses conclusions réalistes qu'il préfère taire et le rêve impossible qui plaît à la foule. Devant l'élan fraternel, il oublie les unes pour alimenter l'autre. Et il laisse chanter le peuple heureux : Qui pourra défaire le sang qui nous unit ? Ambigu, son discours dit tout ce qu'on veut lui faire dire. Il arme l'équivoque. Le général s'en inquiète lui-même, dans l'épuisante touffeur de la ville en liesse, buvant un whisky qui est une récompense, interrogeant un de ses proches, officier d'active : Ne me suis-je pas trop engagé ? Oh non ! Hélas, mon général ! Aucune parole fatidique n'a été prononcée. Beaucoup regrettent l'absence de promesse dans ce discours habile. Pas de regrets, commande Jean de Grandberger, de la confiance et de l'obéissance ! Pour le reste, dit-il, laissez-moi faire pour le mieux sur ces bases. Je trouverai la solution la plus digne du Vieux Pays.

La folle journée se terminait. La transe retombait. L'instant de délire oublieux faisait place au jour le plus simple : jour de travail, de guerre, de peur. Jean de Grandberger était au pouvoir : aux pleins pouvoirs. Il avait fait comprendre que personne n'empiétait quand Jean de Grandberger les tenait. L'intermède historique de son retour était fini. Le Vieux Pays s'habillait de la tonalité spéciale des années Grandberger. Un homme qui dessinait une caricature du héros sur le coin d'une nappe de papier avait été arrêté dans un restaurant. L'ordre public devenait une priorité. La durée légale de la garde à vue allait être allongée. On n'était pas sur terre pour rigoler, mais pour redonner au Vieux Pays le prestige qui avait été le sien ! Quelle fantaisie, quelle passion pouvaient faire oublier la sûreté de l'Etat ?

7

Tu avais écrit en faveur d'un retour au pouvoir du héros qui autrefois l'avait quitté sans demander l'avis du peuple. Il était maintenant aux commandes et tu lui donnais ta confiance, ton soutien. Ses phrases proférées devant le monde entier, ces mains serrées dans la ville en liesse, le tressaillement de fraternité, t'avaient bouleversé. Tu n'entrevoyais pas la morsure du revirement à venir. Comme tous les officiers de l'armée, tu avais plaqué ton espérance sur le halo flou des mots. Assouvissant un besoin, tu avais décrypté une promesse là où il n'y avait qu'un discours équivoque.

La promesse était belle. Jean de Grandberger scellait l'union de deux peuples en un. Il s'était engagé à conserver la Terre du Sud à l'Empire. Sa parole donnée aux colons, aux indigènes et aux militaires, les embarquait à son bord. Les soldats avaient besoin de savoir pour quoi ils se battaient. Voilà qui était fait. Ils redoublèrent de zèle : combattre et pacifier. Eliminer le mouvement rebelle et rallier les populations. Pourquoi craindre l'abandon de ceux qui nous suivent ? pensait le caporal Touzin. Puisque Jean de Grandberger était là. (En ce sens le revirement serait bel et bien une traîtrise.) Puisque celui qui était un emblème avait désormais le pouvoir d'agir. Réconfortée, l'armée était toute en élan, en discipline. Avec l'assurance de comprendre, l'espoir de vaincre lui revenait. Il fallait tenir cette promesse, non seulement maintenir l'unité mais la recréer, l'enrichir, l'embellir.

A tes yeux, Jean de Grandberger était compromis sur son honneur et sa vie. Il avait donné sa parole. Il était désormais prisonnier de sa mission. Il avait promis la citoyenneté des indigènes. Il avait nommé la valeur de la bataille et la qualité de l'espérance. Le Vieux Pays et la Terre du Sud étaient indissociables, leurs communautés inséparables. Tu savais que la majorité des habitants de la Terre du Sud le pensait, au-delà même de l'injustice qui tachait le lien. Tu disais : Le Vieux Pays a contracté une lourde dette. Le colonisateur devait la payer : non pas en abandonnant le peuple colonisé à sa liberté, mais en partageant avec lui la culture, la connaissance, la puissance et l'argent. Un plan de développement allait être engagé. La pacification se poursuivait. Tu crus que Jean de Grandberger respectait sa parole.

8

Les opérations militaires s'intensifiaient. Le général bien sûr voulait gagner la guerre. Qui aime négocier en position de faiblesse ? D'ailleurs le Vieux Pays ne négociait pas : officiellement, il écrasait l'adversaire. Ensuite, il rangerait les armes au vestiaire et discuterait. Le nouveau général en chef avait reçu pour mission d'anéantir les troupes déjà affaiblies de la rébellion. Apporter la victoire, pacifier, et laisser la politique au génie de Jean de Grandberger.

Depuis le sacre et la fraternité sous le soleil, l'armée était galvanisée. Aux contreforts du désert, les accrochages entre unités d'intervention et rebelles se poursuivaient. L'âme militaire de l'Empire flamboyait. Ti-ta-ti-ta des radios, grands bruits des hélices et des moteurs, tirs embusqués, recherches du contact avec l'ennemi, longues marches forcées, courses dans le vent, pistes cahotantes, bivouacs sous les étoiles : des milliers de jeunes soldats découvraient la vie militaire. Quelque chose pourtant avait changé : ils ne regardaient plus du même œil les indigènes. Les vols, les pillages, les vexations, ces rapines et indignités avaient disparu par la fièvre de la grande communion.

On bouge ! On bouge ! Une dynamique de réussites récompensait l'armée repositionnée dans son rôle habituel. Le général en chef développait la guerre aéroportée. Les avions sillonnaient le ciel au-dessus des montagnes, des gorges et des plaines. Quand passaient leurs silhouettes grises, les habitants se couchaient par terre. Les enfants couraient. Le bruit tonitruant envahissait l'espace entier de l'air et de la terre. Les hélicoptères déposaient les unités d'intervention aux points de contact recherchés. L'armée contrôlait et visitait chaque village. Ses unités les plus virevoltantes, les meilleures au combat, ratissaient chaque parcelle de campagne. Un instinct guerrier intense les avait transformées en commandos de tueurs, livrés à leur propre commandement, seuls dans la montagne, nomades de la guerre. Les frontières étaient closes, la surveillance doublée. La stratégie était imparable. L'armée de l'Empire accumulait les succès. Affamés, isolés du peuple, écrasés par les soldats, les partisans rebelles ordonnèrent la dispersion de leurs survivants. Ils se terraient dans les caches les plus extraordinaires, espérant échapper au ratissage : grottes, cavernes naturelles, bergeries inaccessibles, sanctuaires que leur offrait la montagne. Hormis quelques poches de résistance, l'armée avait écrasé la révolution. C'était dans le monde la première victoire d'une armée régulière contre une guérilla. Chose étrange, l'Histoire en parlerait peu.

La vie paisible revenait dans des régions qui avaient connu la terreur des rebelles. L'armée de l'Empire s'y installait. Les sections administratives se multipliaient. Le plan s'accomplissait. A tour de bras et sans difficultés, les militaires engageaient à leurs côtés les indigènes, pour œuvrer à la paix et à l'édification. Bien ! Continuez ! disait Jean de Grandberger aux capitaines avec qui il déjeunait à chacun de ses voyages. La pacification était perceptible. Des territoires entiers, débarrassés de toute révolte, s'ordonnaient autour du drapeau du Vieux Pays.

Le capitaine Barrès s'inquiétait toutefois du nombre croissant des supplétifs indigènes. Comment affluaient-ils pareillement ? Que leur disait-on ? On leur dit de mettre leur main dans la nôtre, disait un jeune sous-officier de la pacification, par naïveté insouciant de l'avenir. On leur dit qu'on est là et qu'on restera. La promesse de l'armée était colossale, compromettante. Et sincère. Qu'adviendrait-il si l'armée, pour une raison ou une autre, était contrainte de se retirer ? Ne soyez pas étonné que je pose la question. Le capitaine s'adressait gravement à son sous-officier. J'ai connu ça dans une autre guerre, dit-il. Je les vois courant derrière nos camions... Voulez-vous savoir qui ? Les combattants indigènes qui avaient épousé notre cause ! Ils tendaient les bras vers nous pour que nous les aidions à monter. Mais aucune place n'était prévue pour eux. Et je regardais leurs mains, si près des miennes. L'armée évacuait le pays. Nous partions. Nous abandonnions à l'ennemi ceux qui l'avaient combattu avec nous... Je vous dis cela pour modérer le flot intéressé et nuisible des promesses. Le capitaine Barrès se tut, entraîné dans sa mémoire la plus sombre, au lieu précis où demeuraient l'ivresse du remords et la peine. La répétition de la guerre le stupéfiait. Oui, il avait peur de lui-même, du mal qu'on fait aux autres, et de ce qu'il était occupé à mener pour son pays. Trahir une deuxième fois, il ne fallait pas songer à le lui demander.

Des rumeurs circulaient dans toute l'armée, qui parlaient de tractations secrètes avec l'ennemi, de paix et d'indépendance. Les soldats ne comprenaient plus. La plupart préféraient obéir sans chercher à comprendre. C'était ce qu'on leur avait appris. Les plus avisés des sous-officiers questionnaient le capitaine Barrès. Troublé, il éludait avec habileté, parlait des prochains crapahutages, du toit de l'école et de la virée promise au bordel chic de la ville. Mais il projetait bien de percer les intentions secrètes du général lors de son prochain déjeuner avec les chefs militaires.

9

Justement l'homme de l'Histoire était là, venu inspecter ses troupes, comme un chef d'armée qui entend respirer l'esprit de ses soldats, et attiser, à la manière d'un prédicateur, leur foi et leur ardeur. Jean de Grandberger dînait avec trente capitaines de toutes les armes. Tandis qu'ils étaient assis autour d'une immense table, faisant tinter leurs verres, arrêtés dans le délassement d'un repas, le cliquetis des couverts était comme le répit de celui des fusils. Jean de Grandberger portait la vareuse et le képi, en apparence tout entier militaire, gardant au-dedans, secrète, sa part politique (celle qui lui valait de se déplacer en avion entouré de gardes du corps, selon un itinéraire choisi au dernier moment). Détendu, ses grosses lunettes posées au bord de l'assiette, libre de manger de tout sans les directives de sa femme (qui n'était pas présente), il était sans doute content de ses discours. Oui, il avait bien parlé ! Il savait marteler ses idées dans la tête des soldats. C'était une homélie. L'obéissance, l'ordre, le service de l'Etat, et surtout la confiance pour s'en remettre à lui qui incarnait la légitimité, qui *était* le Vieux Pays. Si laid (au point que le mentionner semblait méchant), ou du moins si singulier (quel étonnement de contempler de près l'étrange visage et la silhouette énorme !), et de ce fait si timide (intimidé par son corps), ayant surmonté sa retenue naturelle, il était impressionnant ! Les jeunes ne lui résistaient pas. C'était une chance qu'il utilisait. Il demandait aide et loyauté, assuré d'obtenir les deux. Il exhortait : Obéissez-moi ! Restez derrière moi ! Faites-moi confiance ! J'incarne le Vieux Pays ! Tout un tas de trucs que les gosses gobaient comme si c'était rien, pensait le capitaine Barrès qui sentait qu'on les foutait dans le bain.

Le capitaine Barrès avait passé le dîner à observer le grand général, de manière à s'assurer que le personnage, souvent de mauvais poil, était cette fois d'humeur à bavarder. Il s'étonnait de voir devenu si proéminent le ventre du héros, autrefois mince et d'une élégance à dessein remarquable. C'était figurer au physique les transformations que le temps impose au caractère. Une évidence se dessinait (pensait le capitaine) : Jean de Grandberger avait changé (le plus étonnant était qu'il n'avait pas tant changé). Il épousait le temps. Le mouvement de l'Histoire l'emportait lui aussi. Et il vieillissait. La disgrâce de l'âge affleurait. L'expression de son visage s'était courbée vers le bas. Contre ce mouvement, les oreilles décollées semblaient deux ailettes autonomes. Cet homme-là commandait la guerre et la paix. Le capitaine Barrès souriait, attentif et curieux. Au-delà des sarcasmes usés auxquels il n'accordait pas d'importance, l'officier pouvait sentir la bienveillance et la sensibilité de celui dont il aurait voulu connaître les pensées, les arrière-pensées, les pensées à venir.

Pour le moment, le nez dans leur assiette, les convives terminaient leur dessert. Etait-ce l'idée des rumeurs d'abandon qui leur faisait ainsi courber l'échine ? Battaient-ils froid à l'homme qu'ils soupçonnaient de les tromper ? Ou bien tout simplement, dupes et soumis, étaient-ils intimidés ? La tablée se leva avec le président. Jean de Grandberger s'était installé dans un fauteuil et chauffait son cognac. Il était vraiment heureux et sûr de lui. Les capitaines vinrent l'entourer, délivrés comme une meute, dans cette pause tangible de la vie qu'est l'heure du café ou du digestif. Mon général par-ci, mon général par-là, ces deux mots dansotaient autour du personnage qui dodelinait de la tête, souriait, ne s'irritait pas, faisant mine de parler d'homme à homme et de se trouver dans la même servitude militaire dont ils parlaient. En vrac, il se disait des vérités. Comment cette aventure ne ressemblait à aucune. Comment il fallait faire ici tour à tour le flic, le bourreau, le curé, l'instituteur, l'assistante sociale et le salaud. Comment on ralliait de plus en plus d'indigènes à l'ouvrage de pacification. Très bien, très bien, acquiesçait Jean de Grandberger. Le Vieux Pays se devait de séduire. Le Vieux Pays exerçait une attraction restaurée. L'homme politique en avait l'obsession. Les autres continuaient de lui parler. Le service de la Patrie était pour eux plus prosaïque. Et tout de même il fallait bien le dire : ils faisaient les choses que personne ne voulait faire ! Et ils étaient loin de leurs enfants, de leurs femmes et de leurs maisons. Le général savait bien cela ! La carrière militaire est un vaste sacrifice. Il écoutait, hochant la tête, trempant ses lèvres dans le cognac. A nouveau tombaient les vérités en vrac. Parfois on avait le mal du pays. Si c'était pour l'Empire, alors bien sûr on acceptait ce cirque. Mais, dit tout à coup un capitaine au visage grave, si l'Empire abandonne, on n'a plus rien à faire ici ! Un petit silence tomba sur cette phrase toute nue. On n'a plus rien à faire ici. Jean de Grandberger rugissait déjà : Quoi ! Qu'est-ce qu'il entendait là ? Mais pour qui alors le prenait-on ? Est-ce qu'on savait à qui on parlait ? Tout était changé depuis qu'il était au pouvoir ! On ne devait pas en douter ! Tout était changé.

Ce contentement est-il forcé ou naturel ? se demandait le capitaine Barrès qui écoutait la scène. C'était bel et bien un moment de théâtre. Le grand homme appuyait l'indignation. Le général jouait son propre rôle, celui du héros de l'Histoire. Il rugissait donc qu'il n'avait jamais rien abandonné dans sa vie. Est-ce qu'on ne s'en était pas aperçu ? Qui était-il quand même ? Voilà que l'homme du passé prêtait son manteau à celui du présent. Et cela disait : Je suis qui je suis et vous me connaissez, de quoi donc alors avez-vous peur ? La confiance en lui et la passion du secret affermissaient ensemble le chef d'Etat : tout moyen qui servait ses fins était un bon moyen. Il ne mentait jamais, mais il omettait facilement. Et les interlocuteurs faisaient le reste du travail : ils interprétaient à leur idée. La vérité et le désir se jouent bien des tours : les capitaines entendaient ce qu'ils voulaient. Jean de Grandberger parlait de gagner la guerre, de demeurer militairement supérieur à l'ennemi, d'éviter toute défaite, d'entreprendre des réformes, de mener une grande rénovation, de trouver une équité réconciliatrice. Il ne promettait pas que le Vieux Pays resterait indéfiniment sur ces terres au-delà de la mer et désormais rebelles. Mais les capitaines le déduisaient de toutes les phrases précédentes. Pourquoi se donner tant de mal pour ensuite se dégager ? Si l'on gagnait la guerre, on resterait bien sûr ! Dans la passion de ce désir, dans l'enivrement de la lutte, les compagnons d'armes ne prêtaient pas attention à l'humeur secrète de celui qui leur parlait, ni à la réalité telle qu'il la regardait.

Tout de même le capitaine Barrès n'avait pas oublié l'angoisse qui l'étreignait lorsqu'il songeait aux ralliements des indigènes. Si la cause rebelle était entendue, si la guerre et l'Empire finissaient ensemble, ceux-là mourraient dans une indignité nationale. Ceux-là seraient désignés comme des traîtres. Mais les traîtres seraient ceux qui les avaient entraînés. Bel et bien !

Mon général, dit le capitaine Barrès d'une langue déliée, avez-vous gardé des souvenirs du temps où vous étiez capitaine ? Cela était une manière élégante et courtoise de commencer la conversation. C'était bien ainsi que le comprenait Jean de

Grandberger. Il attendait la suite, énigmatique et souriant, sans relever la question préliminaire. Pas plus tard qu'hier, racontait le capitaine Barrès, j'ai déplacé des populations civiles afin de les soustraire aux violences et aux influences rebelles. Ces gens ont quitté leurs maisons, leurs souvenirs et leurs habitudes de vie, pour trouver le camp de regroupement. Les femmes et les enfants pleuraient. Craignant une embuscade, je n'ai cessé de les harceler pour les faire avancer. Le capitaine Barrès s'arrêta et dit : De toute ma carrière, jamais je n'ai eu à faire cela. Puis il reprit le fil de ce qui était un récit. Quelques hommes se sont portés volontaires pour la défense du camp. Ils prennent un risque à cause de moi. Alors voilà ! appuya le capitaine, j'éprouve un dilemme moral à les voir se compromettre aux yeux des leurs. Car cette guerre n'est pas la leur ! Ou du moins elle ne l'est plus ! Dois-je servir mon pays ou protéger ces hommes en refusant de les utiliser pour ma guerre ? Mon général, lorsque vous étiez capitaine, vous êtes-vous posé de pareilles questions ? Le capitaine Barrès regardait Jean de Grandberger dans les yeux, mais il n'attrapait pas ce vieux regard que protégeaient les paupières tombantes, la broussaille blanche des sourcils, et la malice de son interlocuteur.

Car Jean de Grandberger avait assez bien compris la question pour ne pas insister. Il n'avait besoin d'aucune précision. Il gagna du temps, piégea l'attention en racontant sa guerre de capitaine d'infanterie : C'était l'aube du siècle. Au cœur du pays les soldats s'étaient enfouis comme des rats dans des galeries interminables. Tous les trois ou quatre jours, l'état-major décidait un assaut. Il y avait des blessés et des morts tous les trois ou quatre jours. J'ai été blessé, porté à l'arrière, soigné, renvoyé au front. A nouveau blessé, j'ai été fait prisonnier. Je n'ai pas eu de dilemme moral, mais j'ai vécu ce déshonneur, acheva Jean de Grandberger, de sa grosse voix d'orateur. *Ce déshonneur.* Le mot prenait dans sa bouche une ampleur rare. Le capitaine Barrès ne lâchait pas son fil. L'ancien déshonneur du héros qui avait depuis restauré son blason, à vrai dire il s'en foutait pas mal. Il n'allait pas tomber dans un si gros panneau. Ce soir, je vais rentrer à mon poste, continua-t-il. Que dois-je dire à tous ces gens ? La question était posée. Simple et franche. Est-ce que nous allons rester ou est-ce que nous allons les abandonner ?

Un nouveau silence s'écrasa sur cette question trop directe. Jean de Grandberger restait imperturbable. Bel et bien décidé à ne pas livrer le fond de sa pensée à des gens qui ne la comprendraient pas. Versé dans un machiavélisme assumé, il fit mine de s'étonner à nouveau : C'est à moi que vous demandez cela ? Voilà, il bottait en touche et se cachait derrière lui-même. Son image héroïque faisait bouclier face à la flèche que devenait, pour ce cachottier, la franchise de l'autre. Je n'ai jamais rien abandonné, répéta Jean de Grandberger. Je n'abandonne jamais. Il le martelait comme un dogme. Oh ! Jean de Grandberger avait une énorme malice, et il fallait avoir la même pour en prendre la mesure. Je n'abandonne jamais et je n'abandonnerai jamais. Sa voix bêlait un peu, comme à la télévision. La grandiloquence le guettait, qu'il ne craignait vraiment pas. Je n'abandonne rien ! Qu'on le sache bien, et qu'on le sache partout.

C'était un propos auquel on pouvait trouver de la clarté. La plupart des capitaines se sentirent rassurés (le Vieux Pays n'abandonnerait pas cette terre colonisée). Ils s'autorisèrent à continuer de faire ce qu'on leur demandait. Le capitaine Barrès n'avait pas bougé, tandis que les autres déjà s'égaillaient. Vous voulez m'entendre dire que nous allons réaliser une fusion parfaite ? grogna Jean de Grandberger à son intention. Il savait soupeser le poids d'un homme et voulait bien parler à celui-là. Mais qui le veut ? Et qui le peut ? dit-il. Ceux qui avaient tous les privilèges et qui, pour ne pas les perdre, feignent de vouloir les partager ? Ceux qui étaient si pauvres et si injustement traités ? Croyez-vous vraiment cette union réalisable ? Le héros clairvoyant fit une pause. Je ne vous dis pas que je la souhaiterais, murmura-t-il. Et si c'était le cas, je n'y croirais pas. Il était en veine de sincérité (comme si on ne trompait que les crétins qui veulent l'être et non pas les âmes nobles comme l'était de toute évidence celle de ce capitaine Barrès). Il poursuivit sans attendre de commentaire. Il expliquait sa politique. Quant aux victoires militaires, vous savez comme moi qu'elles ne suffisent pas. Elles nous donnent une position de force pour parler, voilà tout. Alors quoi ? conclut-il avec sa grande voix. Tout ce que nous pouvons faire, c'est aider ces gens à évoluer. Et ensuite ? Eh bien, nous leur demanderons ce qu'ils veulent : rester à notre côté ou devenir indépendants. Peut-être choisiront-ils l'Empire…

Oui, mon général, répondit le capitaine Barrès, peut-être. Il était ébranlé et apaisé en même temps. Disons que sa colère était désarmée et son appréhension calmée. Cette parole sincère du général le touchait. Jean de Grandberger n'avait pas encore un avis si tranché au fond, pensa-t-il. Il était attaché à l'Empire. L'Empire comptait encore.

Ton pressentiment pourtant n'était pas bon. Spécialiste de la défense militaire, tu devinais, à des signes imperceptibles aux autres, l'esquisse de l'abandon. Tu élucidais l'énigme. Le pouvoir avançait masqué, Jean de Grandberger faisait à l'armée des charades. Personne n'avait encore écrit qu'il avait cette position dans la vie de ne pas prendre de positions tranchées. C'était le cas. Il protégeait tous les avenirs. Le chef du Vieux Pays gardait de multiples fers au feu. Ainsi faisait-il la guerre sans faire seulement la guerre. Il ne mettait pas toutes ses forces dans la même bataille.

Tu savais que l'armée manquait de moyens. Les équipements dans l'aviation étaient vétustes. Tu en connaissais le matériel et l'économie. Cette économie se payait en vies humaines. Tu t'emportais à ce propos. Tu doutais du héros de ton père. Que faisait-il dans cette affaire ? Douter te mettait en colère. Le peuple l'avait rappelé pour en finir avec cette peine, mais la guerre continuait. Ah bon, le général avait d'autres priorités ?! Sa politique de défense témoignait d'une obsession de la bombe. Bien ! pensais-tu. Le Vieux Pays aurait la bombe. Et alors ? Gagner la guerre était plus nécessaire à sa sauvegarde et à son rayonnement ! La force de frappe ne faisait d'un pays ni un invincible guerrier ni un inattaquable sanctuaire. Le club resserré des possesseurs ? C'était une fumisterie stratégique. Qui fait éclore un champignon atomique pour écraser des fourmis ? La preuve d'ailleurs en était faite : la guérilla n'était pas vaincue. Tu le disais : En Terre du Sud, la bombe ne nous avance à rien. Tu sollicitas tes supérieurs pour faire valoir l'utilité des armes que tu avais conçues. Il fallait la force précise des armes légères. Les missiles étaient déjà l'avenir de la bombe. Tu te mis en colère. Mon propre pays s'intéresse moins à ces armes que nos anciens alliés ! criais-tu. Comment le croire ! Tu protestais avec vigueur, certain du bien-fondé de tes arguments. Les supérieurs hochaient la tête, transféraient, déléguaient, attendaient, laissaient tomber la requête.

Jamais tu n'abandonnais (toi non plus). Tu outrepassas tes fonctions. Tu cherchas à atteindre les hauts commandements, les ministres pourquoi pas ? Ton ardeur âcre à faire valoir tes idées te fit remarquer. Ta véhémence, dans un monde où l'on se garde des excès, ton insolente audace là où l'on obéit, choquèrent tes chefs (qui avaient un sens militaire de la hiérarchie). Tu n'étais pas aussi bien noté que le méritait ta valeur. Car tu défiais les règles et la discipline de l'armée. On disait : De quoi se mêle cet ingénieur ? Ta compétence ne suffisait pas à justifier ta bataille. La politique de Défense nationale ne te concernait pas.

Mais elle te préoccupait. Puisque le système était verrouillé et tes démarches vaines, tu pris la plume. Tu ne craignis pas de publier des articles mordants, dont la rectitude ne mâchait pas ses mots, afin que fussent au moins dénoncées les orientations imperceptibles mais réelles des décisions stratégiques de l'intouchable héros. On disait : Des articles terriblement virulents ! Tu disais ce que tu pensais.

L'indifférence était un état qui te révoltait. En métropole les gens étaient las, fâchés de voir durer un conflit qui les concernait si peu qu'ils ne voulaient plus y laisser mêler leurs enfants. Que le gouvernement termine la guerre ! Et que les fils rentrent ! Par des tropismes divers, l'opinion se déplaçait vers l'assentiment à une indépendance qui mettrait fin à la guerre. Tu n'acceptais pas cet égoïsme qui faisait prévaloir le confort des familles sur le patrimoine national. Le sujet te brûlait à tel point que tu ne pouvais plus en débattre. Au ministère, ton apparition dans une pièce faisait aussitôt cesser la conversation. Tu effrayais les modérés. Tu n'étais pas un collaborateur de tout repos. La force de tes positions étonnait ton épouse. Lorsque tu prenais des nouvelles de tes frères, tu sentais davantage la fausseté du chef politique à l'égard des militaires. Tu te taisais devant ton père qui n'aurait permis aucune critique. Tu t'enfermais dans des pensées tourbillonnantes, fiévreuses, bouleversées. Tu devenais une vaste chambre d'écho. Tu perdais pied doucement dans la solitude de cette discrétion. Tu coulais dans la haute idée que tu te formais de l'intérêt national. Qui savait lire l'être rare, intense, coriace, loyal, que son honnêteté intransigeante allait mener au sacrifice de lui-même ?

11

Pendant ce temps Jean de Grandberger commençait de faire pleuvoir des discours. Tout ce qu'il avait à dire, il le disait. Il ne s'empêchait de rien. Il s'adressait au peuple et au pays. Il était étonnamment à l'aise, avec des accents de familiarité et d'affection. Ce cher Vieux Pays ! Il lui parlait comme au creux de l'oreille. Le peuple était à lui, buvant dans sa main. Jean de Grandberger se sentait à un niveau de maîtrise absolue. Cet état de commandement solitaire lui semblait une évidence, une nécessité, une grâce qui lui était aussi naturelle que le printemps à l'heure du printemps. Sa confiance grandissait. Chaque fois qu'il prononçait un discours, l'opinion se rapprochait de lui. Le désir national n'avait pas toujours cheminé avec celui du chef, mais le chef l'avait retourné. Non pas d'un geste rapide, comme pour un gant ou une crêpe, mais peu à peu, comme on fait rebrousser chemin à celui qui s'en va. L'opinion ? Il l'apprivoisait. Il tenait le moyen de la bouleverser : il s'asseyait devant les micros, il posait ses mains à plat sur la table, son large torse occupait l'écran entier, il parlait. C'était d'un charme extraordinaire, sans ingénuité, un charme qui se déployait en toute connaissance de lui-même. Contre ces confidences télévisées, ses ennemis ne pouvaient rien. Le général et la télévision, c'était le couple diabolique. Chacun y servait à l'autre son talent. Jean de Grandberger ne gâchait aucune de ses allocutions. En vieux militaire, il ne laissait rien au hasard : il les ciselait dans un secret ardent. Chaque mot était pesé, calculé dans ses effets, martelé avec la conviction que donne la certitude. L'enfilade en était éblouissante, un chemin de mots vers une issue longuement préparée. Le général était tout en préméditation.

Il avait du style, de la fougue, de la passion, de la drôlerie et de la fermeté. Les radios et les télévisions étaient les passeurs de la séduction que déployait ce tribun. Orateur de génie, plume en or, conscient du pouvoir d'envoûtement qui était le sien, il savait l'impact d'une voix qui commande, comment elle entraîne les mous, les indécis, les indolents, les imbéciles. Il voulait être cette voix rassembleuse qui, l'air de raconter l'Histoire, la faisait. Il entrait dans les maisons. A force de le voir apparaître, alternant le costume civil et l'uniforme militaire, par une jonglerie qui avait autant de signification que de malice, toujours devant les ors des palais de la République, les enfants autant que les parents connaissaient ce général assis derrière une table, les deux mains commençant de dansoter devant lui dans l'air dès qu'à travers le poste tremblait sa parole. Il trônait au milieu des familles, figure de père ou de grand-père. Il entrait dans les casernes, pénétrait les chambrées et le cœur des jeunes soldats, dont les transistors collés à l'oreille transmettaient ses messages, ses injonctions, ses appels, ses éclaircissements, ses leçons, ses suppliques, et ses colères.

Alors son sens de la grandeur, son amour flamboyant de la vieille patrie, emportaient les élans. Il ne craignait jamais de paraître emphatique, il l'était. Qu'attend-on d'autre de la part du chef de l'Etat ? Jean de Grandberger ne laissait personne indifférent. D'aucuns se moquaient de son nez en péninsule, d'autres des tremblotements de sa voix, d'autres encore de sa silhouette ahurissante… Les plus virulents se moquaient de sa politique. Mais le peuple, lui, ne voyait pas ce nez, suivait cette voix, acceptait cette politique. Un crédit, que le héros seul avait fait lever, était donné à Jean de Grandberger. Il en profitait pour se faire entendre.

Les discours enlaçaient le peuple et le temps. Ils ponctuaient comme un battement de tambour la marche du général vers son idée fixe encore secrète. Septembre, janvier, juin, décembre, avril, décembre… Des sentiments, une proximité, une entente complice, passaient par cette parole réitérée. C'était l'œuvre d'un virtuose du verbe. De près, de loin, sous les yeux écarquillés de ses collaborateurs, seul devant la caméra, l'orateur prodigieux, quoi qu'il arrivât, quoi qu'il annonçât, fort de sa voix singulière, traversait la tourmente, tenait tête au destin, réaffirmait son vœu, apaisait en affirmant, et suscitait au final l'adhésion qu'il ordonnait autant qu'il la réclamait. Peu à peu, annoncés, préparés, les discours devenaient l'arme majeure de Jean de Grandberger, son avant-garde flamboyante et son arrière-garde victorieuse. Il proposait, il imposait, il concluait, dans la même danse persévérante de sa parole. Manipulation et sincérité se mêlaient chez cet as du commandement, pour qui la psychologie des foules semblait n'avoir pas de mystère. La peur est le moteur de ce pays, disait-il, il faut figurer une autorité qui sait ce qu'elle fait, et de cette manière, s'appuyant sur cette crainte, rassurer autant qu'agir.

Ainsi advint, sans que rien l'annonçât, le grand revirement de la guerre : par une allocution télévisée dont ni les conseillers ni les ministres n'eurent la primeur. De l'art militaire, Jean de Grandberger avait appris celui de la surprise. Surprendre et ne pas être surpris ! L'automne approchait. Les métropolitains revenaient à peine de leurs vacances que déjà le héros apparaissait sur leurs petits écrans. Il avait un message important. C'était en deux mots sa pirouette politique. Il venait annoncer le Libre Choix qu'il comptait offrir à la Terre du Sud.

La virevolte était magistrale et réaliste. Il en avait décidé tout seul, sans débat gouvernemental. Je ne gouverne pas avec des rêves, disait le général à qui ne le comprenait pas. Quand on ne peut pas faire ce qu'on veut, mieux vaut vouloir autre chose. Eh bien voilà, c'était fait ! concluait-il. Le héros aidait sa patrie à franchir le pas : le Vieux Pays cessait de contraindre à lui rester attachée une terre qui voulait être libre. Le chef de l'Etat en personne, qui au même moment faisait guerroyer ses armées, réclamait la victoire et pacifiait l'Empire, annonçait à la télévision que la Terre du Sud choisirait son destin. Il l'avait toujours imaginé. Il croyait venu le temps de le révéler. Et il attendait le soutien du peuple. Il comptait bien dessus. Il espérait que le bon sens était là, perçant enfin le brouillard du désir, de la nostalgie et de l'illusion. Il fallait faire place à la réalité. Guerre ou pas, victoire ou pas, lui, le grand homme, au nom du Vieux Pays et pour le bien de tous, en décidait ainsi : nul ne pouvait garder dans l'Empire un pays qui le refusait. Rêver du contraire et faire la guerre, qu'est-ce que ça voulait dire ? Qu'on allait se battre encore cent ans, et occuper la Terre du Sud contre son gré ? Qui pouvait désirer cela ? Pas le général en tout cas. La guerre, la force et la répression, c'était fini, place à la liberté. Place à la légèreté. Sans l'entrave de ce combat, sans le boulet de cette terre récalcitrante, le Vieux Pays allait s'élancer vers le monde qui l'attendait. Voilà le programme que Jean de Grandberger avait conçu, décidé, annoncé.

Et il le disait comme il le faisait : J'ai décidé ! J'ai décidé en votre nom ! La liberté, je l'accorde ! Mesdames et messieurs du monde, et vous les rebelles, admirez ! Admirez le retour de la grandeur et de la générosité du Vieux Pays. Jean de Grandberger était sûr de son fait. Il avait tenu compte de toutes les données. Il avait pris la situation à bras-le-corps, mettant de côté sa peur, et l'envie de plaire, et la nostalgie de ce qui avait été, pour ouvrir une brèche, une nouvelle fenêtre. Et il avait le sentiment de l'échapper belle. Il ferait désormais tout pour mettre en œuvre cet avenir de liberté. Et qu'on lui fît confiance serait la meilleure aise pour réussir. Il en appelait à toutes les puissances de la chance. Il fallait espérer que Dieu lui prêtât vie. Il fallait espérer que le peuple écoutât. Et ces forces étant avec lui, Jean de Grandberger proclamait à la face du monde, de la Terre du Sud et du Vieux Pays, la nécessité du libre choix indigène. Il était en costume sombre, attablé, articulant son discours : un homme politique crispé par l'enjeu, mais déterminé et certain de sa lucidité.

La Terre du Sud allait choisir son destin. Devant les postes de télévision, au bistrot, les indigènes agglutinés étaient silencieux : recueillis. Dans leurs maisons, les colons pleuraient, hurlaient, insultaient ce général maudit qui se jouait d'eux comme de rien. Leur calvaire serait ramifié et tragique.

12

Tu dis simplement : Ah ! D'un ton si las et désespéré. La nécessité d'un libre choix ! Tu avais écouté l'allocution et tu demeurais interdit. Tu te levas, mutique, tu tournas d'un geste rapide le bouton du poste de télévision. Mathilde était encore assise, suspendue à ton silence, guettant dans un questionnement d'épouse inquiète les signes de ce qu'elle te supposait éprouver. Savait-elle à quel point ce moment était grave ? Et quelle chute dans tes labyrinthes commençait ce jour-là ? Tu ne pouvais t'accorder avec cette politique ! Mais Mathilde ignorait l'ampleur de ton affliction, la force de ta colère, et de quelle manière ce vent intérieur te soulevait vers un engagement mystique de toi-même, enivré et funeste.

Tu étais debout devant l'écran éteint. Tu commentas ce que vous aviez écouté. Il trahit l'armée, disais-tu. Il brade le patrimoine de la nation au nom de la nation. Il se croit tout permis. Il agit en dictateur ! Il affaiblit le bloc libre dans le monde. Tu t'interrompis, révisant tes propos. Il ridiculise l'armée ! Il la déshonore ! Imaginer la déception de tes frères combattants était insupportable. Et dire qu'ils risquaient leur vie ! Mathilde se demandait ce que pensait maintenant ton père. Ton père…, dit-elle. Que va penser ton père ? Elle s'interrogeait comme si elle le croyait capable de changer. Tu fis un geste du bras pour signifier que son attachement au géant mégalomane était indéfectible. Jean de Grandberger resterait toujours le héros de ton père. Mais pour toi, quelle amertume ! Avoir souscrit à ce culte dont l'ampleur dépassait le prétexte. Ton animosité gonflait comme un dépit amoureux. Tu croyais ne penser qu'au dénouement tragique, mais c'était *personnellement* que tu te sentais trompé. Tu réagissais comme si tu avais été le réceptacle sacré des promesses. Tu t'impliquais à l'excès. Il y aura tellement de déchirements ! lanças-tu. Tes yeux partaient en l'air. Jean de Grandberger aura du sang sur les mains. Il trahit comme une nation ne l'a jamais fait. Tu détournas encore les yeux, échappant à Mathilde. Tu étais plein de stupeur et de désolation, révolté. Mathilde s'éclipsa un instant, revenant avec une des fillettes qui pleurait.

Tu t'agenouillas, tes mains enfermèrent les petites mains. L'enfant s'était apaisée en te trouvant. Que s'est-il passé ? demandais-tu. Tu es bien jolie dans cette robe. As-tu faim ? As-tu vu comme maman est jolie elle aussi (Mathilde était enceinte) ? La petite fille t'écoutait. Tu ne lui parlais pas du monde et, sans le savoir, ni le vouloir, elle te renvoyait au monde que tu voulais forger pour elle : celui que tu avais connu. Une fois de plus Mathilde échouait à te ramener vers elle et dans l'heureuse paix de votre maison : croyant te rappeler le trésor que tu possédais, elle éclairait le danger que tu croyais qu'il courait. Non seulement tes filles ne te dissuaderaient pas d'agir, mais tu agirais pour elles. Jean de Grandberger ! pensais-tu. Il avait ce nom prédestiné, un nom de guide pour animaux imbéciles. Il était le guide entêté d'un pays qu'il ensorcelait. Tu voulais faire cesser cet envoûtement maléfique.

13

La nouvelle idée était lancée. Le tournant était pris. Certes l'affaire traînait, mais plus rien ne serait comme avant : la fin de l'Empire était à portée de vote. A ceux qu'il surpassait militairement, le Vieux Pays offrait l'opportunité pour laquelle ils se battaient sans succès. Aux ordres du général, l'armée, qui maîtrisait le terrain, après tant de sacrifices tomba dans la sidération. Médusée, l'armée ! Médusée et malheureuse. Outragée même. Et inquiète. Gagner et céder ? Quelles manières étaient-ce ? Beaucoup ne s'y faisaient pas. Quoi ! Gagner et renoncer ? Avait-on jamais vu pareille perfidie du politique ? Ne faire aucun cas du sort des armes alors qu'il vous est favorable ! Chez les officiers la consternation l'emportait ! Dégoût de s'être battus, colère des morts inutiles, incompréhension, soupçon, commençaient de fabriquer des soldats perdus. La mémoire du premier printemps, le souvenir du premier discours, vibraient encore dans l'esprit de pacification qu'ils avaient fait éclore. La rage enflait. Alors quoi ?! Grandberger avait roulé l'armée ? La fraternité née de son retour au pouvoir, la volonté de remporter la victoire n'avaient été qu'un leurre derrière lequel avançait sa diplomatie ?

La levée des épées fut immédiate. Le devoir de victoire que s'imposaient les soldats était bafoué : ils le dirent. La presse donna des tribunes. Les militaires y livraient leur surprise et leurs critiques, jusque dans les journaux étrangers. Il y eut des affaires. Jean de Grandberger n'était pas intimidé, tout juste agacé, parfois furieux quand ses préférés l'attaquaient. Mais il prenait sans état d'âme toutes les mesures nécessaires. Les généraux parlaient trop ? Qu'on les limoge, qu'on les mute, qu'on les rappelle à l'ordre, qu'on les disperse en métropole ! C'était la valse des têtes. Jean de Grandberger n'y allait pas de main morte. Sa détermination ne flanchait pas. Les militaires ne lui faisaient pas peur. Il les connaissait ! L'armée était là pour obéir, pas pour faire de la politique. D'ailleurs les militaires s'étaient toujours trompés ! Il en ricanait, dressant la liste de leurs erreurs ! Ah ! les généraux du Vieux Pays ! Ils étaient aussi vieux que leur pays ! N'avait-on pas suffisamment payé ce qu'ils avaient fait sans Grandberger ?

Jean de Grandberger n'avait pas de problème avec la modestie ou la prétention. Il ne doutait pas de sa grandeur. Il n'y avait pas à tortiller : il n'était pas n'importe qui ! Il était l'âme du Vieux Pays, son sauveur, son génie incarné ! Les militaires n'avaient qu'à s'incliner. Sinon ? Eh bien, il les materait. Il savait bien qu'il en ferait ce qu'il voulait. Je les laisserai s'entre-dévorer, disait-il à son entourage tremblant. Puis je sèmerai les décorations. On verrait bien quels képis ne les ramasseraient pas ! Je vous paie mon billet que tous s'abaisseront. Le cynisme du héros atteignait parfois les lisières de l'insupportable. C'était qu'il n'ignorait rien des petitesses humaines dont il se pensait lui-même épargné.

Mais la capitale blanche s'enflamma comme un papier sous une loupe traversée de soleil. Les généraux valsaient : la ville réclama de garder ses chefs militaires ! Les colons et l'armée avaient marché ensemble. Les premiers étaient mordus par la panique de voir disparaître leur monde avec ceux qui l'avaient protégé. A coups de marteaux-piqueurs, les pavés giclèrent hors de leur loge pour être jetés en tas. Les sacs de sable ou de ciment s'empilaient. Traînés hors des maisons, apportés par les familles volontaires, les meubles venaient augmenter ces amoncellements hétéroclites, dérisoires barrages contre la force de l'ordre. Au milieu de l'avenue déserte, sous le soleil d'hiver, la barricade prit sa place et clama son nom. Le camp retranché attendait que le général fît marche arrière.

Pan ! Un claquement bref frappa dans les oreilles. Quelqu'un avait tiré en l'air. Qui allait massacrer qui ? Le général ne voulait rien entendre. Qu'est-ce que c'était que ce cirque ? A l'armée, il avait déjà ordonné de mater la rébellion. Par tous les moyens ! L'armée ne bougeait pas. Comment tirer sur des citoyens parce qu'ils demandaient à le rester et refusaient le choix de l'Indépendance ? Jusqu'où fallait-il obéir aux ordres ? La fameuse question qui avait valu sa gloire à Grandberger revenait à propos. Le héros s'emportait. Comment comparer des choses incomparables ?! A lui, on ne désobéissait pas ! Il incarnait le pays et l'armée était à son service ! L'idée de l'indiscipline ou de la mutinerie pouvait le rendre fou. Il songeait trop à ce qu'elles compromettaient. Son entourage le calmait. N'employez pas la force. Ne faites pas tirer l'armée ! Ce sang versé tacherait votre figure dans l'Histoire. C'était le meilleur argument qu'on pouvait trouver. Jean de Grandberger piaffait comme un chef de guerre. La rue appartenait aux colons. Ils ne pouvaient rien mais hurlaient leur désaccord.

Le chef de l'Etat se bouchait les oreilles. Au lieu d'écouter, il donnait des ordres. La fermeté face aux agitateurs était la seule façon de sauvegarder le pays. Il continuait ses discours. Ces usurpateurs, il les discréditait ! Aidez-moi ! demandait-il au peuple. Il craignait pour la nation. Céder ? Revenir en arrière ? Alors ce serait l'incertitude et l'aventure ! Aucune menace ne le ferait changer de politique. Il fallait qu'on le sût bien et qu'on le sût partout ! Pas de reculade avec Jean de Grandberger !

Alors, devant la sévérité et la conviction de cette force tranquille, la barricade céda. Les insurgés se rendirent. Grandberger aussitôt les emprisonna. Ce fut sa première victoire sur la voie qu'il avait choisie.

14

L'insurrection, la capitulation des insurgés, les sentences proclamées avec une diligence vengeresse, furent le détonateur d'une fièvre intérieure. Tu avais craint le carnage, la guerre civile, et l'armée tirant sur ceux-là mêmes qu'elle était censée défendre, son peuple. Tu vis se rendre les chefs. Ils partaient en camion, emportés vers le jugement sévère que leur préparait Grandberger. Le général était sans clémence. Il composait des tribunaux ! Au ministère, on murmurait que les ministres harcelaient les juges, de sorte qu'il n'y eût jamais ni circonstances atténuantes, ni acquittement. Les peines devaient être maximales pour ceux qui portaient atteinte à la sécurité de l'Etat. Et peu importait que l'Etat n'assurât pas la sécurité ! pensais-tu. Jean de Grandberger trônait à la tête de cet Etat.

La justice elle-même était entre ses mains. Personne ne s'en étonnait ! Toi, Paul, tu commençais de le maudire et de le diaboliser. La paix désertait ta vie, à la manière d'une mer qui se retire : dans une continuité du mouvement qui le rend invisible. Tu portais sous l'uniforme une blessure cachée. Tu vivais la violence comme un stigmatisé recrée en lui la passion christique. Ton esprit se désunissait dans l'accusation, le désarroi, la loyauté perdue des autres. La loyauté ! On te l'avait tant apprise ! Tu restais arrimé à l'idée que tu te faisais de la tienne. Tu étais accablé. Une impression de gâchis et de tromperie te submergeait. Fallait-il savoir chasser ses idées quand on devinait la souffrance qu'elles allaient engendrer ? Non ! Tu haïssais l'opportunisme. Aucune échappatoire ne devait entraver la vérité. Tu ne reculais pas devant tes pensées, tu les embrassais. Tu laissais monter en toi leur rêverie. Il y avait toujours quelque part un homme ou une femme que le monde malmenait et dont le sort te bouleversait. Tes déchirements, tu ne les fuyais pas. Et tu te présentais, justicier et protecteur des vies condamnées par la marche vers l'indépendance. L'indifférence des autres te mettait hors de toi.

De ce foisonnement de pensées sombres, tu ne parlais pas beaucoup à Mathilde. Elle t'aurait écouté, présente, disponible, tu le savais. Elle aurait témoigné pareille compassion pour ceux dont te hantait l'insupportable sort. Elle aurait compris ta blessure. Mais que lui dire ? L'Histoire était trop vaste, ton désarroi si intense, ta pensée à la fois précise et trop ramifiée. Mathilde te voyait rembruni et inquiet. Parfois elle t'interrogeait. Paul ? Paul… Elle était capable de répéter ton prénom sur tous les tons. A la fin cela venait en supplique. Paul. A quoi penses-tu ? Dis-moi. Dis-moi ce qui t'assombrit. Je vois bien que quelque chose te taraude. Et tu te détournes de moi ! Mon chéri, soufflait-elle à ton oreille, mon amour, mon cœur. Dis-moi tout. Dis-moi n'importe quoi.

Tu ne savais pas dire n'importe quoi. Personne ne t'avait appris à dévoiler tes sentiments. Tu ne vidais jamais ton cœur. Alors, habile, tu détournais la conversation, jouant avec les filles, chahutant pour simuler la joie que tu avais perdue. Mathilde restait silencieuse, toujours à tes côtés. Tes lèvres la nuit effleuraient sa nuque, le pli de son oreille, mais restaient scellées sur les secrets de ton préjudice. Les phrases de toi vers elle, pour partager, pour débattre (tu sentais qu'elle n'approuverait pas d'emblée ton engagement), refusaient d'éclore. Ainsi tu étais dans la force de l'âge et dans la solitude. Tu te dressais comme un grand arbre nu au cœur de la tempête : balançant, muet, planté dans sa conviction d'arbre.

15

Le libre choix comportait trois options : l'Empire (y rester), l'Indépendance (la proclamer), l'Association (l'organiser). L'avenir de l'Empire n'était pas radié d'emblée. Le Vieux Pays s'imposa aux rebelles pour organiser la consultation populaire. Cette nouvelle recette républicaine enchantait Jean de Grandberger. Il se sentait lavé des soupçons de pouvoir absolu : les dictateurs ne demandent pas l'avis du peuple et ne lui rendent compte de rien. Depuis qu'il avait reçu le pouvoir et modifié ses modalités d'exercice, le général remplissait les urnes de réponses à ses questions. Etes-vous d'accord ?

Approuvez-vous ? Faites-vous confiance ? Certains n'osaient pas répondre *non* à l'illustre personnage. Jean de Grandberger savait en profiter. Pas la dictature, non ! Les pleins pouvoirs, oui ! Et la consultation pour faire avaler l'autorité ! Après quoi le grand malin jouait avec ses petits soldats.

Sur le terrain, l'armée gagnait, reconstruisait, compromettait à tour de bras des milliers d'indigènes en les ralliant. L'avenir serait un mariage rénové. Malgré l'incertitude ouverte par le Libre Choix, Jean de Grandberger acquiesçait, encourageait, félicitait. Pourtant, en secret, il préparait ses négociations avec le mouvement rebelle. Le Vieux Pays avait tué deux cent mille rebelles, pensait le capitaine Barrès. Qui pouvait croire que la Terre du Sud choisirait de rester soumise à ses assassins ? L'indépendance, pensait-il, était désormais inévitable. L'armée devrait obéir. Son devoir, sa raison d'être et son honneur étaient de servir l'Etat. Jean de Grandberger savait assez le répéter. Que faire lorsque l'Etat se parjurait ? Le jeune officier se prenait la tête dans les mains. Et Jean de Grandberger revenait déjeuner avec les capitaines ! Il se vantait encore de n'abandonner rien et jamais ! Le discours du Libre Choix minait la confiance. Les tournées de propagande étaient lourdes de calculs tactiques et d'arrière-pensées. Il fallait que l'armée restât maître du terrain. Jean de Grandberger venait insuffler cette motivation. Il voulait bien être celui qui donne, mais pas celui qui perd. C'était psychologique et symbolique. Comment le comprendre ? Les officiers se tapaient contre cette vitre. Mon général, ici j'arme le plus de monde possible, si nous partons, c'est la mort pour ces gens. Mon général, je veux bien vous offrir ma vie de soldat, mais pas mon honneur d'homme. Savez-vous bien à qui vous parlez ! répondait à cela le tremblotement célèbre. Vous parlez à celui qui n'a pas abandonné ! Les officiers baissaient la tête. Contre un grand malin pareil, que faire ?

Le salut aux couleurs se teintait d'amertume. Les méandres de la politique égaraient les soldats, qui se versaient des rasades en refaisant le monde, dans la ville de soleil, au-dessus du murmure de l'immense baie bleue.

16

Le peuple métropolitain était plus malléable (plus éloigné des faits). Les mois effacèrent la surprise du revirement. On s'accoutume aux idées et aux choses. L'accomplissement des prophéties a quelque chose à voir avec l'habitude qu'on en a prise. Les idées ont une vie et, souvent, ce qui a été imaginé devient réalité. C'était bien ce sur quoi comptait Jean de Grandberger : par la force du verbe déflorer la difficile surprise de l'avenir et éviter ainsi d'être désarçonné. Rendre familier au bon sens du plus grand nombre ce qui, au commencement, eût semblé une folie.

Le vote indigène eut donc lieu. En Terre du Sud, dans l'ensemble des départements, le libre choix s'exprima en faveur de l'indépendance. L'appartenance à l'Empire était une prison, une injustice, une insulte : les indigènes balayèrent ce passé. Ce que les colons avaient craint advenait.

Consulté un peu plus tard, allant aux urnes glisser son avis, le Vieux Pays approuva. Les gens étaient las d'une guerre qui confisquait leurs enfants et ne les concernait pas. Le général leur disait que l'Empire était battu par le vent de l'Histoire et qu'aucune force ne fait tomber le vent. Amen, disait le peuple. Il avait entendu que la nostalgie, tentation naturelle, n'était pas de mise. Il avait compris que la réalité est le premier pilier du choix politique. Le Vieux Pays devait s'alléger du poids de ce combat pour voguer vers sa grandeur. Amen, disait le peuple, et qu'on en finisse avec cette guerre indigne que le monde réprouvait : cette guerre de domination.

C'était le commencement de l'année et de l'hiver, saison propice aux désenchantements, aux abandons, à la mort même. L'Empire agonisait. Jean de Grandberger, après avoir fait le picador, sonnait l'hallali.

Seuls les colons criaient encore leur désespoir. Qu'ils crient donc ! disait Grandberger. Il avait traversé d'autres nuits et d'autres orages. Que sont les cris ? Les cris ne sont rien, disait-il à ceux qu'inquiétait tant de vacarme. Et il avançait vers son dessein, entraînant avec précaution l'opinion derrière lui, l'accoutumant à ses idées, la pétrissant comme une pâte. Il était seul, avec tous. Il se donnait tout entier à sa tâche : servir le pays. Et les braillards ? Eh bien, qu'ils braillent. Ils finiraient bien par se casser la voix.

Les négociations étaient en cours entre les plénipotentiaires. Plénipotentiaires ! Le mot même était une usurpation. D'un côté les rebelles, susceptibles, arrogants, portés par le mouvement du monde. De l'autre le Vieux Pays, prudent, calculateur, coincé, espérant sauver quelques intérêts qu'il avait encore. Pour cette raison la lutte armée se poursuivait. La domination militaire ne souffrait aucun répit. Jean de Grandberger refusait plus que jamais le risque d'avoir le dessous. Il fallait éviter tout revers militaire dans le temps où l'on traitait. Supérieur, il avançait pas à pas dans la voie qu'il avait ouverte. Et cette manière habile, dont le but avoué était d'éviter d'aviver la tempête, le ferait haïr de ceux qui y verraient une hypocrisie ou pire une trahison.

17

Si l'opinion s'était accoutumée, tu étais en fureur. Toutes ces allocutions ! Du bourrage de crâne ! Tu criais à la manipulation. Tu étayais ta position, ta colère, ton refus. Tu avais basculé dans une opposition furieuse. Tu avais été sans réserve derrière cet homme, tu étais maintenant contre lui. Tu le jugeais diabolique. Oui, Jean de Grandberger c'était le diable en personne, le diable fait politique. Satan responsable de tous les malheurs de la Terre du Sud. Il t'écœurait, ce grand général qui ne tenait pas sa parole ! Ce grand général versatile. Ses mains étaient baignées du sang de ses concitoyens. S'il avait agi pour la raison d'Etat, il avait oublié les hommes, les femmes, leur chair fragile, leur mort et leur exil. Et sa manière d'agir n'avait forgé que des haines. L'avenir était bousillé : comment réconcilier dans l'indépendance ceux que la guerre avait meurtris et ceux que le référendum allait dépouiller ? Comme c'était facile de donner des leçons et des conseils, en beau parleur qui dans la partie n'a rien perdu ! Prenez l'avenir comme il se présente ! Prenez l'avenir à bras-le-corps ! Adieu la nostalgie, l'angoisse, l'amertume et tant de vains sentiments ! Le héros invitait au courage et à la grandeur d'âme. Il avait tant de talent que personne ne songeait à s'interroger : depuis quand Jean de Grandberger avait-il cessé de croire à l'Empire ?

Tu l'accusais d'avoir toujours su ce qu'il voulait faire. Pourquoi n'avait-il pas parlé aussitôt ? Qui l'avait obligé à faire des serments ? Personne. Mais son retour avait pris élan sur sa fausseté, le pouvoir était à ce prix. Il avait caressé dans le sens du poil ceux qui l'appelaient. Et depuis quand entérinait-il un prétendu sens de l'Histoire qu'autrefois il avait nié ? Tu l'accusais d'avoir changé et d'avoir trompé le monde avec son ancienne figure.

Tu n'étais pas seul à hurler à la trahison. Des centaines d'officiers injuriaient le chef de l'Etat ! D'autres plus calmes disaient qu'on ne se parjure pas de cette manière, et que du moins on parle. Mettre ainsi l'armée dans le bain était indigne. Quand on est appelé pour faire une chose et qu'on décide finalement de ne pas la faire, on prévient, on explique, on justifie ! C'est la moindre des corrections, non ? La note dominante ne concernait pas encore cette parole donnée et reprise, ni même le sentiment de s'être fait berner. C'était le désespoir devant l'imbroglio des promesses et des reniements et ses conséquences. Des milliers d'hommes souffriraient la mort et la torture pour s'être trompés de camp en combattant au côté de l'Empire. La solidarité militaire, la fraternité du combat, le sang versé, rendaient cette issue aussi honteuse qu'insupportable. Pour ceux qui pensaient comme toi, Jean de Grandberger devint la figure de l'adversaire. L'homme à abattre. L'apostat devait payer pour son crime. Tu disais : Il faut débarrasser le pays de ce tyran illégitime. Ce traître doit être passé en Haute Cour et jugé pour crime de haute trahison. Jugé ! Le mot, appliqué au héros national, ne t'effrayait pas. Jugé, déchu, et condamné !

III

LA CONJURATION

1

Depuis peu tu étais père d'une troisième petite fille, Ania. Mathilde était rentrée à la maison. Les filles entouraient de leurs rires le nourrisson minuscule. Pourquoi elle est toute rouge ? demandait Edith à sa mère. Mathilde s'amusait de ces questions enfantines qui n'étaient jamais dénuées de vérité. Elle flottait dans l'abandon sensuel des jeunes accouchées, qui mêle d'une si singulière manière fatigue et plénitude. Et les éloigne des hommes. De ces langueurs pleines de sang, ta mère autrefois était morte. L'épuisement pouvait l'emporter sur le bonheur. Y pensais-tu ? Peut-être était-ce pour toi un invivable moment. Tu n'en montrais rien. A ta famille, tu donnais des instants de présence intense, saturés de ta personnalité vigoureuse et volontaire. Edith, ton aînée si sérieuse, de qui tu exigeais beaucoup de sagesse, se pendait à ton cou. Tu étais ce magicien qui mettait de la poudre de perlimpinpin sur les bobos. A peine revenu du ministère, tu faisais des pâtés de sable au jardin, sans prendre le temps d'enlever ta veste, tout de suite accourant quand résonnait dans l'air du soir l'appel des petites voix : papa ! En promenade, tu connaissais le nom des arbres, tu savais les coins à champignons, tu étais infatigable et réjoui. Tes filles faisaient renaître l'enfant que tu avais été. Ces joies étaient une partie de toi-même, à côté des satisfactions de l'ingénieur et des dépits du militaire. Le soir, assis sur le bord du lit, tu lisais une histoire avant de faire la prière. Seigneur Jésus, protégez toute ma famille. Appuyée au cadre de la porte, Mathilde souriait devant la grappe de chairs embrassées des filles et de leur père. Que cette famille était heureuse et belle ! C'était la grâce de Dieu et de votre amour qui venait de lui. Tu pensais cela avec toute l'impétuosité de ta foi. Le feu de Mathilde léchait le même bois.

Pourtant le dédoublement de ta vie s'opérait : tu étais autant le père tendre que le soldat résolu. Déjà ton opiniâtreté s'appliquait à comploter au-dehors. Oui c'était le bonheur, oui tu le savais, mais il n'y avait pas que cela au monde, vous n'étiez pas seuls, d'autres justement perdaient ce que vous possédiez, d'autres étaient malheureux. Ils ne l'étaient pas sans raison, mais par la faute d'une politique infamante, menée par un homme seul, imposant son pouvoir par un ancien prestige et le charme de sa parole. Le pays se dévoyait dans les discours de son chef. L'Histoire avait déjà connu pareil envoûtement. Si tu ne faisais rien contre cela, alors tu étais complice.

Au lieu de te rapter au monde, la romance familiale alimentait ton obsession. Voyais-tu le sourire de tes fillettes ? Oui, mais. Tu voyais surtout les nuages s'amonceler dans leur avenir. Tu les guettais, les prévoyais, comme ceux d'une météorologie personnelle qui t'effrayait plus que quiconque. Quel monde alliez-vous transmettre à vos enfants ? Tu endossais cette responsabilité. Chaque citoyen avait à rendre des comptes sur la forme de l'avenir. Tes filles avaient besoin d'un père qui agissait, pas d'une mauviette qui regardait sans bouger se défaire un empire ! Attaché aux traditions, habité par les rites, tu voulais que rien ne changeât. Tu voulais pour tes filles le monde de ton père, celui que tu avais connu, un monde antérieur qui n'existait déjà plus. Tes filles riaient aux éclats. Mais riraient-elles demain ? Quand elles seraient des jeunes filles ? des jeunes femmes, chrétiennes bien sûr (comment auraient-elles pu ne pas l'être ?) ? Tu pensais aux atlas que les maîtres de la République leur présenteraient : la Terre du Sud n'y figurerait plus dans l'Empire. L'Empire serait un souvenir. Et là-bas, à la place du drapeau flotteraient les étendards séditieux. Cette image te broyait le ventre. Quel étrange cœur était le tien, nostalgique et mathématique, un alliage rare ! Le Vieux Pays, par la faute d'un esprit cynique et tortueux, serait amputé alors que le contraire avait été promis comme un serment. Tu voulais arrêter le cours de cette trahison. Tu ressassais. Que pouvais-tu entreprendre tout seul ? Quelle action pouvaient envisager des citoyens libres qui mesuraient les résultats funestes d'une dictature ? De fugitive qu'elle était, l'idée devint évidente, lancinante, jusqu'à dessiner ta mission personnelle : confisquer le pouvoir à Jean de Grandberger. Le juger pour ses crimes et briser définitivement son illustre figure. Faire mieux que résister à son oppression, le mettre hors d'état de poursuivre ce désastre national qu'il menait. Tu te sentais alors plus soldat que père ou mari. Ainsi mettais-tu en danger ce que tu aimais le plus au monde. S'il le fallait, tu irais jusqu'à la mort. Voilà quelle détermination s'ancrait derrière ton regard grave et chimérique.

Entré dans le labyrinthe de ton combat et de ses fondements (puisque tu aimais l'irréfutable, la logique, et les mathématiques), tu oubliais ce qui contrariait ton avis (le monde était plus vaste qu'un énoncé mathématique). Tu cessas d'envisager la réalité. Ce qui se disait partout, la réprobation que suscitait la guerre, l'opprobre qui frappait le colonisateur occupant, tu ne l'entendais pas. La liberté des peuples indépendants ? Tu y croyais pour les peuples indépendants. Mais la Terre du Sud, liée depuis trop longtemps au Vieux Pays, n'en était pas. Les sangs s'étaient mêlés. Un pacte ancien que nul ne pouvait rompre attachait des milliers d'âmes aux lumières du Vieux Pays. Le sens de l'Histoire ? C'était donner une direction à quelque chose qui n'en avait pas. La volonté d'un pays faisait le sens de son Histoire ! Qui mieux que Jean de Grandberger pouvait le savoir ? L'abandon qu'il programmait n'était pas le mouvement naturel de l'Histoire, il était le mouvement qu'il imprimait. Tu en imaginais un autre. L'union plutôt que la séparation : dans le nouveau monde, il fallait être fort. Aucun argument ne te faisait chanceler. Tu te polarisais sur le seul personnage à tes yeux responsable des désordres et du sang versé : Jean de Grandberger. Qui peut faire fi de l'opinion du monde ? demandait Grandberger. Pas nous ! disait-il. Mais toi, oui, tu le faisais. Et tu voyais dans son prétendu pragmatisme une excuse pour le disculper de son crime.

Tu fis le procès, le réquisitoire et le verdict. Le vieil homme était cruel. Le politique avait trahi des serments sacrés qu'il avait faits seul, de son plein gré, devant le peuple rassemblé. Après être revenu au pouvoir pour le défendre, ce chef bradait le territoire national. Ce cynique abandonnait un peuple. Il foulait les valeurs de son pays et déshonorait l'armée qui le servait. Malhonnête, illisible et retors, il incitait les officiers à entraîner les indigènes qui leur étaient fidèles. Les promesses ne seraient pas tenues. La mort serait au bout de cette trahison. C'était à tes yeux le péché mortel. Voilà qu'un homme à la tête de ton propre pays agissait en tyran sanguinaire, en toute impunité, sous le couvert d'une légitimité arrachée par la manigance et le bourrage de crâne. Il était la seule cause des crimes commis. Pire : il conversait et traitait avec les assassins à qui il livrerait pêle-mêle colons et indigènes. Jean de Grandberger était un traître, à l'honneur, à la Patrie, à la parole donnée, à l'armée. Les traîtres, on les met hors d'état de nuire. Les choses en ton cœur étaient aussi violentes et primitives que cette conviction.

Il fallait capturer ce félon et lui arracher les rênes au plus vite. Ton visage affichait une sérénité implacable. Il fallait délivrer le Vieux Pays de cette tyrannie. Ta foi chrétienne l'exigeait autant que ta colère. Tu venais valider ta colère par ta foi. Ce cercle intérieur d'une cohérence fermée était une prison pour ta pensée. Tu étais seul dans ta prison de loyauté. Tu allais mener sans parler, ni à ton père, ni à tes frères et sœurs, et à peine à ton épouse – que tu laissais à son bonheur maternel –, une action violente et risquée. Tu ne prendrais aucun conseil. Tu ne risquerais aucune désapprobation, aucune mise en garde. Tu ne compromettrais aucun des tiens. Tu irais directement rencontrer ceux qui sauraient si bien se servir de toi.

2

Car tu n'étais pas seul à désirer la mort politique du chef. Certains voulaient même sa mort tout court (pas toi, si tu pouvais l'épargner). La haine battait comme un cœur blessé dans le pays disloqué. Les derniers sursauts des partisans de l'Empire, autant que les actions terroristes simulées par les services secrets pour discréditer cette cause et la rendre impopulaire, désunissaient le pays. Les cris, les menaces, les avertissements sur les murs des villes, les bombes, tout un tumulte de sang scandait la marche de la Terre du Sud vers l'indépendance. Vers l'abandon ! corrigeaient les opposants. Qu'ils crient donc, pensait Jean de Grandberger, imperturbable et bienheureux d'avoir avancé ses pions. La police se chargerait d'eux.

Le grand homme pavoisait trop pour ses ennemis ! Il en avait désormais partout, dans l'armée et au lycée, dans l'aristocratie et chez les émigrés, jeunes, vieux, nantis ou démunis, qui se reconnaissaient dans la capitale, complotaient, s'abritaient, s'aidaient. Jean de Grandberger les écœurait à parader de cette manière, lui qui avait usurpé les commandes du pays en faisant des mensonges. Qu'à cela ne tienne, il n'allait pas rester longtemps debout. Fais ta prière, grande chèvre ! Puisque rien ne t'amène à résipiscence, la mort interrompra tes erreurs ! Jean de Grandberger était devenu une cible. Une grande cible facile, qui refusait les mesures de protection et pratiquait le bain de foule. Le héros ne résistait pas au bonheur jubilatoire de toucher ainsi la consistance des âmes, leur reflet dans les regards qu'il croisait. Cet homme-là, vivant, arrogant, résolu, avait maintenant des ennemis mortels. Partout dans le pays, et aux frontières du pays, des activistes étaient prêts à le tuer pour mettre fin au processus qu'il conduisait. Nombre d'entre eux appartenaient à l'armée. Certains ecclésiastiques s'en mêlaient aussi (craignant l'affaiblissement des pays de liberté et les idéologies qui refusaient le culte). Sans la volonté de tuer mais avec celle d'agir, tu pris contact avec ces réseaux.

Un Comité militaire clandestin s'était uni dans la résistance à la politique du général. Le CMC allait te manipuler. Ses membres (anciens ministres et militaires) avaient prévu leur reprise en main des affaires dès la disparition du chef de l'Etat. A l'unanimité, ils avaient voté sa condamnation à mort. Cette sentence se voulait symbolique, mais le vote n'était pas resté longtemps secret. Il était sur la tête du chef comme une prime. Les projectiles étaient dans l'air du temps. Les projets d'attentat pullulaient. L'autorisation de tuer était donnée. N'importe qui se croyait autorisé à abattre le général de Grandberger. Tu voulais accomplir cette mission de le faire déchoir. Pour ton pays et tes enfants, tu entras irrémédiablement dans l'action. Comment devins-tu la proie du Comité ? Tu te présentas, par l'entremise de l'homme secret et comploteur qui tissa le lien avec toi. Tu n'avais pas la passion des intrigues mais tu étais aveuglé, comme par un amour perdu, par la colère, et tu suivis autant que tu proposas. Tu apparus tel que tu étais : fiable, déterminé, convaincu, intelligent, loyal, et prêt à agir. Le Comité t'accorda le crédit que tu réclamais. C'est ainsi que toi, Paul Donadieu, tu t'engageas sur le chemin du régicide, espérant être l'instrument de la justice et non celui du crime, seul, et ignorant que tu l'étais.

Le traître allait mourir ! On allait l'abattre comme un chien ! Ces débordements violents, indécents, ne te firent pas reculer. Prends garde à toi, grande chèvre ! Comment t'accommodais-tu de ces libellés misérables ? Tu étais au-dessus de cette mêlée rageuse. Tu avançais dans la dignité de ta loyauté qui se sentait bafouée. As-tu péché par excès de confiance en toi ? par orgueil ? Tu te sentais différent de ces déclassés enragés, de ces clandestins poussés à bout. N'étais-tu pas riche d'une famille, d'une maison où t'attendait une épouse ? Et en poste dans un ministère prestigieux où tu contribuais, avec le talent forgé par une vie studieuse et fervente, à la grandeur de la science, de l'armée, et de ton pays ? Tu n'étais pas une crapule. Tu n'étais pas un extrémiste. De cela tu étais sûr. Humblement (pas si humblement pourtant) tu étais un homme de conviction, un homme d'honneur. Sacrée était la parole donnée, sacré le respect par l'Etat de ses engagements. Tu martelais ces préceptes paternels jusqu'à perdre le sens des réalités. Abandonner aux rebelles ceux qui avaient suivi l'Empire était une trahison.

Il n'y avait pas de dilemme, pas d'hésitation. Il fallait rompre cette politique du pire : oser arrêter le visionnaire qui voyait ce qu'il voulait ! Tu oserais. Tu te dresserais contre le géant. Une corde inflexible s'était tissée en toi. La nuit, tu faisais souvent le même rêve : Jean de Grandberger, debout devant un tribunal militaire, était jugé pour ses crimes. Tous les dossiers étaient ouverts. Tu n'avais aucune indulgence. Il n'y avait de place ni dans ton cœur ni dans ton respect pour ceux qui manquaient à leur parole. L'esprit en toi était très militaire.

Tes entrailles étaient militaires. Le mot *honneur* étincelait plus vivement que les autres. Plus vivement que celui d'*obéissance*. La vie patriote de Jean de Grandberger était le roman de désobéissance que ta jeunesse avait dévoré. Il y avait une vertu à désobéir si c'était pour l'honneur de son pays. Aucune réalité ne passait avant cette sauvegarde, et celui qui donne sa parole la tient. Tu avais reçu cette éducation, quelque chose de strict, de serré, propice à la rigidité. Il y avait pour toi de l'impensable et de l'insupportable. Le grand général, qui avait le double de ton âge, avait l'esprit plus souple que toi ! Il s'était tout mâtiné de pragmatisme et de froideur. C'était avec des réalités – et non avec des sentiments – que l'on faisait une politique, répétait Jean de Grandberger, comme s'il avait eu besoin de s'en expliquer, ou de s'en absoudre (lui qui avait aussi des rêves, des nostalgies et des tendresses). Peut-être le politique avait-il englouti le militaire. La raison d'Etat exigeait bel et bien de tenir pour moindre qu'elle le code d'honneur militaire. Il fallait le courage de souffrir pour tenir le gouvernail. Rien n'effrayait Jean de Grandberger. Il n'idéalisait rien. Il ne prenait pas ses désirs pour des réalités. Il connaissait le coût des choses.

Et toi ? Pouvais-tu en dire autant ? Personne ne parviendrait à te percer. Toi-même, te connaissais-tu ? Mesurais-tu la charge d'amour déçu qui pesait sur toi ? N'étais-tu pas aveuglé par ton étonnement dépité devant cet homme qui mieux que toi savait évoluer ? et par ta crainte des idéaux qui n'étaient pas les tiens ? Ta foi nourrissait cette peur. L'Eglise ne profitait-elle pas de ta peur ? Tu éludais ce questionnement préalable à toute action. Tu n'interrogeais pas tes idées. Tu vibrais comme une corde dans une musique qui t'emplissait l'oreille. Tu parlais de trahison et de résistance, perpétuant un vocabulaire qui avait une histoire. Jean de Grandberger collaborait avec l'ennemi, disais-tu. A toi de le juger. C'était une mission divine. Tu l'embrassais comme une femme aimée. Elle était une poix qui t'enveloppait. Tu t'envolais dans ce vaisseau de conviction. Et fort des alliés que tu t'étais inventés, fort de Dieu qui ne te contredisait pas, tu concevais des plans d'action pour mettre ton ancien héros hors d'état de nuire davantage. Dans certaines circonstances, un acte violent est un acte de bien. C'était ce que tu croyais.

3

La chasse était ouverte mais le succès se fit attendre. Placée en bordure de la route souvent empruntée par le convoi présidentiel, une bombe devait mettre fin à l'indignité. L'armée, que le pouvoir entravait, aussitôt retrouverait les réflexes d'intervention et de défense des populations. Voilà ce qui t'animait.

C'était le soir, il faisait nuit, la charge (une vingtaine de kilos de plastic) était camouflée sous un tas de sable. Tu étais si déterminé que la présence de Charlotte dans la voiture de son mari ne te semblait pas un obstacle. Le mariage chrétien était une alliance jusque dans la mort. Tu le pensais. Mais la mort ce jour-là ne voulut pas des époux. Leur voiture, et le cortège de leur sécurité, motards et véhicules jumeaux qui les entouraient, traversèrent dans l'effroi et la surprise, mais sans dommage, une simple paroi de feu. Forte impression, petit effet : l'explosif ne s'enflamma qu'en partie. La qualité des détonateurs, la portée et l'efficacité des différentes matières, tu n'y connaissais rien. Tu n'étais pas un artificier.

Par extraordinaire, Jean de Grandberger allait très bien. Son indifférence au danger l'habillait d'un héroïsme dont il était coutumier. Sa nature fataliste, une manière en lui de savoir que la mort aussi est un moment inévitable de la vie, lui donnait quelque chose qui ressemblait à du courage. Après tout, c'eût été une belle mort ! disait-il. Plus grandiose pour l'Histoire que de mourir dans son lit. Et puis le déclin physique était un chemin si cruel qu'il vous rendait presque la mort désirable. Elle libérait enfin des charges et des tourments ceux qui, sinon, ne s'autorisaient ni répit ni bonheur !

pensait le général. Il souffrait et doutait, comme tout homme qui réfléchit, et sans le montrer au pays ou au peuple, seul avec lui-même comme devait l'être le chef. Qui pouvait croire que la tâche était facile ? Parfois la mélancolie l'attrapait et tout le passé de grandeur perdue allumait ses regrets. Quel déchirement ! Choisir soi-même, seul et délibérément, de s'amputer, comme un renard pris au piège sacrifie sa patte. Ceux qui voulaient sa mort, croyaient-ils que l'inéluctable n'avait pas pour lui le même goût d'amertume ? On voulait le tuer ! Pauvre homme ! riait-il au-dedans. Ces amateurs, quels imbéciles ! Jean de Grandberger s'amusait de ces tentatives, comme si le danger avait été un jeu, comme s'il n'y croyait pas, ou bien que tous ces gens fussent des maladroits dont il n'avait rien à craindre. D'ailleurs il se moquait de ses chasseurs. Et en plus ils ne savent pas s'y prendre ! raillait-il.

L'échec n'entama pas ta détermination. Rien ne l'entamerait plus. Tu continuais. Tes pensées ne lâchaient pas ta cible. Tu réclamas la confiance et l'appui renouvelé du Comité militaire clandestin. Tous ces vieux généraux voyaient en toi le croisé qui servirait leurs desseins. Ils pressèrent ton action. Leur émissaire secret, le comploteur de l'ombre, te transmettait leur insistance et leur approbation, avec l'air de te suivre quand il te précédait. Il s'appelait Marc, un beau nom franc pour un homme qui ne l'était pas, et qui ferait tant de promesses pour ne jamais les tenir. Il te rencontrait dans les jardins publics. Dos à dos sur les bancs, vous parliez sans vous voir, comme des agents secrets. La Terre du Sud était au cœur de vos propos, vous étiez toujours d'un même avis. Les négociations de paix progressaient. Des accords allaient être signés et c'en serait fini à jamais de l'Empire.

Il fallait agir vite. Supprimer Grandberger était désormais le dernier espoir. Par la voix de Marc, le Comité t'ensorcelait, te manipulait, touchait tes points de sensibilité, obscurcissait encore, par sa conviction et son prestige, ton discernement. Tu avais rêvé de juger ce général versatile et voilà que tu te retrouvais à le traquer pour le tuer ! Si naïf, tu semblais l'ignorer. Les membres du Comité t'avaient rallié à une manière qui n'était pas la tienne. Ils te promirent des fonds et des armes. Tu ne reçus ni l'un ni l'autre, tout au moins pas dans les proportions espérées. Marc s'en occupait et que savait-il faire en dehors de parler ? Mais tu tins des engagements que tu avais pris envers toi-même.

Par recrutements successifs, au gré de rencontres de conviction et sans précautions, tu formas l'ultime conjuration. Un fils de colons et un aristocrate passionné, sorte de chouan moderne, te secondaient. Une inimitié instinctive les séparait, tu étais celui qui les rassemblait. Des hommes de main, des déserteurs, des étudiants étrangers, des fils de famille, convergeaient vers le complot. Le bavardage prometteur de Marc n'était pas étranger à ce rameutement. Jamais tu ne serais au diapason de ces hommes, à qui tu paraîtrais distant et énigmatique, et qui de toi ne connaîtraient qu'un faux prénom. Vous vous retrouviez dans des cafés, dans des appartements d'emprunt, vous bavassiez beaucoup, mimant des embuscades avec des voitures miniatures, comme si c'était un jeu, et que sans violence vous alliez neutraliser un ennemi tout-puissant. Les guerriers du groupe, ceux qui avaient connu de vraies embuscades, ceux qui se sentaient traqués, déploraient votre inconscience. Tu étais imprudent parce que tu te croyais le conjuré en charge de la loi morale. Tu prêtais à ton action la légitimité que tu croyais recevoir du

Comité militaire clandestin. Un jour ils seraient les maîtres qui rendraient justice à votre résistance salvatrice. Plus tard tu évoquerais souvent cette haute autorité à laquelle tu faisais allégeance. L'aréopage clandestin t'accompagnait, qui déployait au-dessus de toi le prestige de ses noms, sans intervenir dans l'action. La plupart des membres de ce Comité étaient réfugiés à l'étranger, prêts à former un gouvernement dès la chute de Jean de Grandberger. De cette disparition, ils te laissaient le soin. Tu étais responsable, opiniâtre, méticuleux, et cependant, sans l'admettre ou le savoir, incompétent. Tu dirigeais une cellule de préparation des attentats. Tu collectais des informations. Tu conçus des plans, tu imaginas des emplacements d'embuscade et d'interception. Plus tard tu ferais cette déclaration : Je suis l'instigateur, l'organisateur et le seul chef de l'attentat.

4

Votre cible bougeait beaucoup. Lorsqu'elle était installée au Palais ou dans son ermitage familial, la protection resserrée interdisait toute opération. Tu décidas d'agir pendant ses déplacements. L'échec de l'explosif, d'un maniement délicat, te fit choisir les armes à feu. On ne posait pas des bombes n'importe où sans faire des victimes innocentes, les temps le montraient trop bien. L'attentat devait avoir lieu à tir tendu, pendant un transfert en voiture de Jean de Grandberger. Dans cette configuration, la sécurité était souvent un convoi de deux voitures, fermé par deux motards. Parfois, tu le savais, la cible sortait incognito, sans déploiement de force, dans un véhicule banalisé dont la couleur changeait d'un jour à l'autre. C'était une autre manière, qui lui plaisait beaucoup, de se protéger. Les services de sécurité lançaient des convois fantômes, qui circulaient dans la capitale en même temps que Jean de Grandberger se promenait ailleurs en toute tranquillité. Tu étais informé de ses habitudes. Tu prétendais connaître toutes les immatriculations du parc présidentiel. De même savais-tu que Charlotte de Grandberger circulait de temps à autre dans une voiture séparée. Son mari était alors seul avec le chauffeur. Les gardes du corps étaient armés très légèrement. La protection d'un homme de cette trempe, qui veut être protégé sans le savoir, ni en éprouver l'inconvénient, était un casse-tête.

Tu pistais les itinéraires. Cette chasse à l'homme te ressemblait si peu ! Tu la traitais comme une question de géométrie. Ingénieur dans l'âme, tu rêvais de la solution unique. Tu posais et reposais le problème. Tu aurais pu refaire cent fois les calculs s'il y avait eu des calculs, et dessiner le rapt jusqu'à l'épure. Tu cherchais les recoupements des routes les plus empruntées par le cortège, les nœuds communs aux différents parcours. Penché au-dessus d'une carte, dans l'entrelacs que faisait sur le papier le réseau routier, tu traçais des croix, comme autant de rencontres – de redditions – possibles. Ta préméditation était méditation. Ou bien était-ce l'inverse : ta méditation devenue préméditation ? Tu étais le cerveau d'un attentat. Tu parlais de *problème* et d'*opération*. Etait-ce un crime que tu organisais ainsi, avec l'innocence de l'aveuglement ? En ce compte à rebours fatal, il te fallait choisir le lieu où réussir. Ta conspiration avait entamé une course contre la montre politique.

Tu n'avais pas l'habitude de l'action. Ta conviction plus que ta compétence te donnait de l'autorité. Tu affirmais des contre-vérités : Je ne suis pas un homme de bureau ! Je suis un pilote. J'ai commandé bien des hommes dans ma vie. Cela n'était vrai qu'à la lettre. Ta réalité était celle de la pensée, ton talent celui de la réflexion, de l'élaboration et de l'étude. Avais-tu jamais attaqué un homme avec une arme !? Tu avais l'impéritie du théoricien et l'assurance de l'homme qui a réussi. Les ratages s'accumulaient. Votre filet laissait passer la cible. Tu maintenais la cohésion de ton commando que rassemblaient la haine et la nécessité. Mais souvent tu décevais ceux qui t'obéissaient. Les filatures, les poursuites en voiture tournaient court. Toujours quelque chose vous empêchait d'agir. Les plus violents devenaient les plus frustrés. Vous manquiez de tout : d'argent, d'armes, de véhicules, de planques, d'informations. Le CMC n'avait pas tenu ses promesses. Ta personnalité fédératrice se dressait au-dessus des difficultés. Ton équipe tenait bon. Pourtant ! Vous n'aviez pas de munitions, tantôt c'était une panne, un imprévu, tantôt un temps de retard ! Vous n'aviez pas l'amitié de la chance.

C'était le vieil homme qui l'avait. Jean de Grandberger tenait avec fermeté les rênes du Vieux Pays. Il se montrait habile. Le halo sonore de ses discours soupesés enveloppait le peuple lassé. A petits pas, en secret, comme il s'en était donné la mission, le chef de l'Etat délestait son Vieux Pays des indigènes enragés, des colons en larmes, et de leur souffrance insoluble. Tu t'affermissais contre ce vent libérateur. Tu allais t'acquitter de ta mission militaire.

5

Mathilde restait prosaïque et discrète. C'était, tel qu'elle le concevait, le destin chrétien : bien faire là où Dieu vous a placé. Elle s'occupait de sa maison et de sa progéniture. Tu t'absentais souvent. Tu lui taisais le détail de tes projets. Elle ne les devinait qu'un peu. Comment aurait-elle pu penser que toi, pacifique, dévot, tu complotais froidement un attentat politique ? Elle te ressemblait dans ta naïveté. Elle n'envisageait rien d'aussi radical que le crime. Un enlèvement et un procès seraient une justice bienfaisante. Vous partagiez ce rêve. Il t'habitait. Mais elle éprouvait ton absence et tes rêveries comme une perte. Malgré l'Histoire, tu avais une famille. Et la famille passait avant tout le reste ! C'était ce que pensait Mathilde. Tu étais au-delà de ces considérations personnelles. Alors ton épouse te tirait par la manche. Paul ! Elle te rappelait à ta vie. Elle te réclamait dans la sienne. Paul ! Elle ne te lâchait pas – et jamais ne ferait défection. Où vas-tu ? Paul ! Reste un peu ! Paul ! Paul, prends garde à toi ! Elle avait besoin de toi. Mais tu plaçais ton pays au-dessus de ta famille : au-dessus de ta vie. Tu servais la Patrie. Et tu rejoignais tes camarades. L'action t'avalait, tu en sentais l'urgence. Mathilde empoignait alors l'essentiel. Pense aux filles, disait-elle. Tu te raidissais. Je ne fais rien d'autre. Tu ne comprends pas ? demandais-tu d'un ton farouche. Non, elle ne comprenait pas. Elle ne te suivait pas dans le labyrinthe de crainte où tu t'étais enfilé. Peut-être avait-elle plus confiance dans le monde et l'avenir des peuples. J'ai besoin de toi, répétait-elle, les filles ont besoin de leur père. Mais tu partais. Tu préparais un piège de feu pour celui que tu avais autrefois acclamé. Déjà tu voyais le tir dru et nourri qui te le livrerait. Ton visage avait changé. Ton sourire était tourné vers le dedans. Ton intransigeante idée de la loyauté creusait une souffrance qui emportait ton regard dans d'immenses rêveries. Mathilde te perdait en chemin. Il y a entre deux êtres une distance infranchissable que l'amour fait oublier mais qui demeure irréductible. Jamais on n'entre dans le *je* de l'autre. Et c'est souvent dans son jeu qu'on s'abîme. C'est bien ce qui vous arriva. Tu devenais aussi obscur à ton épouse qu'une nuit sans lune. L'amour qu'elle avait pour toi te portait. Mathilde allait toujours vers l'approbation de tes actes. Ainsi fut-elle partie prenante de ton sacrifice.

Le dispositif de l'attentat était en place. Une voiture stationnée viendrait bloquer le convoi par l'arrière. Trois tireurs armés cachés dans une camionnette viseraient la voiture présidentielle. Une voiture garée plus loin terminerait la mission si le convoi roulait encore. Tu te placerais à deux cents mètres avant les tireurs de sorte à leur donner le signal dès l'arrivée de la cible. En guise d'arme, tu tiendrais à la main un journal. Tu ne tuerais personne. L'urgence te pressait. Au jour le jour tu guettais l'occasion d'une interception fatale à la tyrannie.

6

L'Histoire pendant ce temps avançait. Jean de Grandberger maintenait le cap. Les voiles jetés pudiquement sur sa vision de l'avenir se déchiraient. Un Etat souverain allait naître. Les opérations militaires s'achevaient sur son territoire pacifié. Leur succès était indéniable. Le Vieux Pays était un vainqueur généreux qui, fidèle à son génie, octroyait la liberté à sa conquête. Telle était l'expression exacte du désir de Jean de Grandberger. Se souciait-il d'autre chose que de faire prévaloir son choix ? S'était-il jamais préoccupé d'autre chose que du Vieux Pays, sa grandeur, son prestige ? L'homme écrivait une page de cette Histoire. Avec résolution, il dégageait son pays de l'Empire fracassé. Les accords de paix allaient être signés, qui garantiraient les biens et la vie des colons. Et le Vieux Pays s'envolerait vers son destin moderne.

Proclamé à midi, le cessez-le-feu ne fit rien cesser. Il inaugurait des jours saturés de sang, de folie et de larmes. Colons, indigènes, militaires, anciens rebelles, terroristes, chauffaient dans le même chaudron, sous le couvercle que tenait le pouvoir politique. L'amputation du territoire faisait hurler les hommes qui se sentaient lésés. L'affrontement armé finissait, les guerres civiles continuaient. La paix des armées était endeuillée par la guerre des peuples.

Attentats terroristes des fanatiques de l'Empire, diversions des services secrets pour discréditer cette opposition, enlèvements de colons par les rebelles, règlements de compte indigènes, assassinats : un chaos sans identité désunissait le pays. La désolation s'abattait sur la Terre du Sud. Les militaires étaient au cantonnement : interdiction d'intervenir ! Pour rien au monde le général ne voulait remettre le doigt dans l'engrenage de la lutte armée. L'été des détresses et des crimes ne rencontrerait que la froideur de l'Etat. L'armée était captive d'une souricière politique, instrumentalisée sans respect par celui qui voulait en finir. Au début du printemps, en grand secret, par une opération que l'avenir n'éclaircirait pas, le gouvernement ferait tirer des hommes de main sur la foule désarmée des colons et les militaires qui la protégeaient. Qu'ils se taisent une bonne fois pour toutes ! Qu'ils comprennent que leur propre pays les affronte ! La fusillade ferait un grand drame et le silence définitif.

Les colons d'ailleurs se taisaient d'autant mieux que commençait leur massacre. On peut dire qu'ils étaient aussi occupés à mourir qu'à partir. Les détonations des armes envahissaient l'air brûlant, effaçant celles de la mer sur les rochers. Vers les quais des ports affluaient les survivants avec leurs valises. Ils avaient compris que le Vieux Pays les abandonnait, ils ignoraient encore qu'ils y seraient mal reçus. Ils prenaient les bateaux, et la mer d'acier bleu les portait loin de leur terre natale. Ils quittaient toute leur vie. Car dans les rues, c'était mains contre le mur qu'ils finissaient fusillés, tandis que leurs oreilles emplissaient des sacs mis au réfrigérateur.

Les nouveaux maîtres se chargeaient aussi bien de torturer les indigènes autrefois ralliés à l'Empire. Une culture s'effondrait dans l'enchantement violent de la victoire. Tout un passé était nié. Les vainqueurs dénonçaient les traîtres à la cause. Ils leur arrachaient les yeux. Ils leur arrachaient le sexe. Ils les éventraient, leur coupaient les oreilles, les brûlaient à l'huile bouillante, ils les faisaient griller. Ou bien ils les enfermaient dans des cages, les enchaînaient, les empalaient, les promenaient ainsi martyrisés, en les regardant mourir. Ils les écoutaient crier. Ils les faisaient marcher, comme les troupeaux de moutons, sur le sable des plages qu'il fallait bien déminer. Où étaient passés les officiers du Vieux Pays qui pouvaient les défendre ? Aux ordres du général de Grandberger, ces anciens compagnons d'armes étaient au cantonnement. Aucun repentir ni aucun pardon n'effacerait la morsure de leur honte.

Qui d'autre que Jean de Grandberger portait la responsabilité morale de ces ignobles moments ? demandais-tu. Dans les casernes, le frisson d'une impuissance outrée avait pris les soldats. L'interdiction d'intervenir était formelle. Les officiers téléphonaient en métropole. Les ordres étaient maintenus, l'infamie confirmée : interdiction d'agir. A ce moment précis, l'armée obéissante se sentit déshonorée. Victorieuse par les armes, dépossédée de sa victoire, humiliée et contrainte à trahir par la politique ! C'était pourtant la guerre qui faisait naître et mourir les Etats !

7

La lumière s'atténuait, bleuissait, noyait les formes, avalait le monde dans sa nasse éteinte. A vingt heures, le cortège quitta le Palais par la porte de côté. Le plus discrètement possible, Jean de Grandberger rejoignait sa maison dans les bois, acquise autrefois pour sa famille et devenue célèbre comme il l'était, dans le monde entier. Charlotte était assise à côté de lui, à la place d'honneur qu'il lui laissait toujours : à l'arrière à droite. L'après-midi même elle était allée faire des emplettes, quelques gâteries pour leurs petits-enfants et le déjeuner du lendemain où était convié le Premier ministre. Les rumeurs d'attentat alarmaient tant Charlotte de Grandberger qu'elle serrait de près son mari, petite silhouette chapeautée, discrète et déterminée. Parfois il l'exaspérait, parfois il l'attendrissait.

Elle attendait patiemment qu'il posât son fardeau. Ils se taisaient ensemble.

D'un coup de téléphone passé d'une cabine, les informateurs avaient prévenu de l'itinéraire choisi ce jour-là. Les conjurés étaient en place au lieu de l'opération. Les armes, les véhicules, les hommes, tendaient au général déloyal une embuscade ingénue qui devait faire justice, stopper les massacres et sauver le pays de la tyrannie. Dans le silence du soir, l'action était engagée. Une poignée d'hommes inconnus attendaient un héros célèbre qui roulait avec une escorte légère, pour tirer sur sa voiture, l'en faire descendre plutôt vif que mort, interrompre sa dictature, le juger de ses crimes, et le remplacer à la tête du pays.

Debout, seul au bord du trottoir, un journal à la main, Paul Donadieu scrutait la route par où bientôt arriverait la cible. Il était le cerveau qui avait pensé ce guet-apens. Chacun savait son rôle. Le convoi devait être bloqué, Jean de Grandberger arrêté et conduit dans un pavillon. Ou bien s'agissait-il de le tuer ? A ce sujet, un désaccord opposait encore les conjurés ! Le commando faisait preuve d'amateurisme. Certaines âmes violentes du complot avaient dans l'idée d'abattre le chef de l'Etat comme un chien. Paul était seul à préférer le procès. Il était seul mais il était obéi. Les tireurs qui ouvriraient le feu avaient pour instruction de viser les pneus. Tu ouvres, tu canardes ! se disaient-ils les uns aux autres. Ils étaient trois, armés de fusils-mitrailleurs, à l'arrière de la camionnette stationnée sur le trottoir de terre battue.

Il faisait presque nuit. Le général était en retard sur son horaire habituel. Paul Donadieu s'absorbait dans son guet. Alentour, c'était une sortie de ville déserte. Une station-service était fermée. Quelques chaises étaient restées à la terrasse d'un café, fermé lui aussi. A l'heure du dîner, dans les pavillons disséminés, les familles étaient attablées. Le champ de tir était dégagé. Des chiens aboyaient. Un couple d'amoureux contourna la voiture garée en dernier recours. Quelques automobilistes rejoignaient la capitale.

Le chauffeur du président roulait à plus de quatre-vingts à l'heure sur la petite route de banlieue. Les moteurs ronflaient. D'un seul coup les deux véhicules jumeaux apparurent dans l'ombre. Le guetteur les aperçut. Il déploya son journal, selon le code prévu. Une fois. Deux fois. La nuit jetait un voile imprécis sur le geste. Les tireurs surveillaient par un interstice minuscule, entre le haut de la portière et la vitre qui avait été peinte. Dix secondes passèrent. Paul Donadieu demeura immobile, craignant d'attirer l'attention des policiers du convoi. Le signal restait lettre morte. Les embusqués n'avaient rien vu.

Enfin la camionnette abattit sa porte arrière. Les tireurs venaient de reconnaître le convoi officiel ! La surprise les affolait. Allez-y ! Feu ! Les armes automatiques crépitèrent. La mitraillade pétillait. La voiture du chef de l'Etat avait accéléré dès les premiers tirs. Les injonctions fusaient autour des passagers silencieux. Foncez ! Foncez ! criait l'aide de camp au chauffeur. Il traversait la nuit et le tir de barrage, le pied sur la pédale qui touchait la moquette, il maîtrisait un bolide au milieu des balles. Les pneus lançaient leurs crissements dans la nuit comme dans une course poursuite au cinéma. Les projectiles rebondissaient sur les chromes et les enjoliveurs, faisant tinter le métal dans le vacarme du feu. Une impression de panique enveloppait déjà l'opération. L'échec du signal perdu dans la nuit avait créé un retard. Quand les tireurs avaient enfin vu la voiture, elle était près de les dépasser ! Le tir n'avait pas duré vingt secondes. L'échec s'imposait, comme à des amateurs punis d'avoir entrepris une mission trop difficile. Tirés de côté, les coups n'avaient pas l'efficacité escomptée. Non seulement la voiture ne s'arrêtait pas, mais elle fendait la nuit, zigzaguant dans sa vitesse. Elle manqua emboutir un véhicule qui arrivait en sens inverse, poursuivit sa route miraculeuse, branlante sur ses pneus crevés. Les derniers tireurs embusqués avancèrent leur voiture sur la chaussée, mitraillettes au-dessus des vitres abaissées, roulant pendant quelques mètres à côté du convoi dont tous les verres explosèrent. Une voix ferme s'éleva dans l'habitacle. Baissez-vous ! Baissez-vous, mon général ! Jean de Grandberger s'était plié en avant, obéissant à ce commandement. Le conducteur emportait ses passagers. Le commando capitula. Les armes étaient enrayées, les voitures hoquetaient, c'était une minable issue. Sur la banquette arrière, assise à côté de son mari, indemne et calme, Charlotte restait silencieuse. Broutant sous le pied du chauffeur, la voiture présidentielle s'éloignait du guet-apens. Personne n'était touché. Cette fois c'était un miracle. Dieu ne voulait pas encore du héros. Apâli par l'émotion contenue, raide, il passa en revue le piquet d'honneur qui attendait sur la piste d'aviation. Sans dire un mot, Charlotte secouait les bris de verre logés dans son chapeau et ses vêtements.

Sur les lieux de l'embuscade, le commando s'égailla dans les voitures de fuite. La police mettrait vingt minutes à arriver. Cette prévision se révélerait le seul calcul exact des conjurés.

8

Tu rentras chez toi. De la bouche de Mathilde qui avait écouté la radio, tu appris l'échec de l'opération. Par miracle, aucun blessé ! s'émerveillaient les chroniqueurs. La grandeur d'âme de Charlotte, qui supportait en silence le risque de sa place et la tenait comme une ombre, commençait d'être louée. L'homme de fer, que l'on tirait comme un lapin, avait une épouse en or. Pauvre Charlotte ! s'attendrissait-on. N'avait-elle pas frôlé la mort ? Les enquêteurs estimaient déjà que cent cinquante balles avaient été tirées. Tu en pris la mesure en l'entendant. N'ayant aucune expérience de terrain et en vérité aucune connaissance des armes, tu découvrais la réalité prosaïque de ton complot. Plus tard tu suivis à la télévision, comme les citoyens ordinaires à qui tu ressemblais encore moins qu'autrefois, l'annonce de l'attentat et le déploiement de police qu'il avait déclenché.

L'état d'urgence était décrété. Dans tout le pays, véhicules et personnes étaient contrôlés. Deux éminents commissaires furent chargés de l'enquête, que le ministre de l'Intérieur venait harceler à loisir. Jean de Grandberger, qui n'aimait pas être protégé, voulait que l'on démasquât les coupables. C'était la *sûreté de l'Etat* qu'ils compromettaient. L'expression – garantie de sévérité – commençait de courir.

Tu étais assis dans un fauteuil, à côté de ta femme chérie, pendant que tes trois fillettes blondes dormaient dans leurs lits : tu n'avais pas le profil classique. D'ailleurs tu souriais, détendu, te servant à boire d'un geste posé, comme si la lumière de ce bonheur ne pouvait pas s'éteindre. Tu étais tranquille comme un homme qui n'a rien à se reprocher.

Tu ne te reprochais rien. Jean de Grandberger s'était mis hors la loi. Tu te sentais légitime puisque ta cible ne l'était pas. N'ayant jamais pris part à l'action politique ou clandestine, tu n'étais fiché dans aucune organisation. Tu rassuras donc Mathilde qui s'inquiétait. Ils ne remonteront pas jusqu'à moi, disais-tu en brûlant dans la cheminée quelques notes prises en préparation de l'opération. Ton sang-froid, cette manière de sembler détaché sans pourtant relâcher l'effort, c'était ton éducation qui se déployait dans ta personnalité adulte.

Loin de chez toi, dans la maison familiale, ton jeune frère regardait aussi la télévision. Un attentat encore ! pensait-il. Etait-ce vraiment sérieux ? Toute sa vie il se le rappellerait : son père, qui ne disait mot, ce soir-là sembla très soucieux.

Et tu repris tes travaux au ministère comme si rien ne s'était passé. De fait, pour toi rien ne s'était passé : le tyran était au pouvoir. Ton coup avait raté. Tu t'y étais mal pris. Tu avais mal évalué les délais de réponse, les temps de parcours, les angles de tir. Tu avais sous-estimé la vitesse du convoi et négligé le crépuscule qui camoufle les choses. Ton opération était mal montée. Certes la chance du général était extravagante. Plus d'une centaine de balles et pas une seule qui effleurât la cible ! Mais vous n'aviez visé que les pneus ! Comment la voiture avait-elle fait pour rouler ? Peut-être le héros déviait-il les balles par sa force invisible. Ce phénomène avait été prêté à d'autres chefs militaires avant lui. Tu souriais, énigmatique. Tu étais serein et persévérant, borné par ta conviction d'avoir pour toi la raison et le droit (le droit constitutionnel même). Ta détermination ne fut pas ébranlée par l'échec qui te mettait en cause. Tu restais le conjuré qui imaginait des plans pour jeter à bas la légende vivante. L'homme et le mythe devaient cesser de nuire au Vieux Pays. Tu voulais infléchir l'Histoire, tremper ta plume dans l'encrier de la vérité et la réécrire.

L'attentat était un fiasco. Après votre débandade, l'Estafette chargée d'explosifs n'avait pas sauté. Vous aviez manqué même cette occasion d'effacer vos traces ! Les premiers indices mettaient la police sur votre route. Car l'enquête était menée avec plus de rigueur et d'envergure que l'attentat.

9

Au-dehors, deux chorégraphies suivaient leur cours : l'exode des colons et l'enquête de la police.

Depuis le début de l'été, la Terre du Sud allait à son destin, indépendante et violente. Les colons abandonnaient en masse ce bouillonnement sanglant. Les ministres imploraient le général de parler à ces gens. S'il laissait s'étendre le silence sur leur souffrance, pour quel genre d'homme indifférent passerait-il ? Jean de Grandberger avait donc parlé à ceux qui lui reprochaient de les abandonner. Il les houspillait avec une bonhomie de pacotille. Allez ! Quoi ! Qu'ils cessent donc d'éprouver la peur, les regrets et la colère ! Qu'ils aillent de l'avant et embrassent l'avenir ! Qu'ils le façonnent avec leur talent, ils en ont tant ! Et qu'ils redessinent leur terre natale dans son indépendance nouvelle. La Terre du Sud avait besoin d'eux. Le Vieux Pays avait besoin d'eux en Terre du Sud ! Jean de Grandberger n'était pas avare de belles paroles. Il aurait dit n'importe quoi pour imposer la configuration qui l'arrangeait. Son optimisme frisait le délire, éludant les enlèvements, les tortures et les meurtres, afin de limiter les départs de colons. Chacun chez soi dans ce monde magnifique ! Au fond il leur disait : Ne craignez rien, au moment où l'on venait chez eux les trucider. Le prétendu baume de la parole n'apaisa rien. L'exode répondait à la violence. Des files de femmes entourées d'enfants attendaient dans les ports, si petites et misérables devant les grands paquebots, pleurant en se cachant, dans la désolation de partir, que suivrait le désespoir d'être si mal accueillies.

Dans la capitale métropolitaine où beaucoup revenaient de vacances, deux commissaires zélés recherchaient des indices, des témoins, des suspects, des coupables. La mobilisation des forces de l'ordre faisait un filet au maillage serré. Les bribes de témoignages s'accumulaient. Qui avait vu une voiture bleue. Qui avait été intrigué par une camionnette aux vitres camouflées. Qui avait croisé le commando dans un escalier. Les gens parlaient. Ceux devant qui le complot s'était si peu caché se rappelaient ce qu'ils avaient vu, entendu, imaginé. Le pays entier semblait vouloir aider l'illustre général. Les pistes s'ouvraient. Les conjurés étaient aux abois. Passer les frontières était devenu une gageure désormais impossible aux déserteurs et aux clandestins du groupe. Seuls les hommes comme toi, sans passé activiste, pouvaient vivre en paix. En mesurais-tu l'étonnante réalité ? Ou bien étais-tu inconscient du danger autant que de ta chance ? Au ministère, où tu te rendais chaque jour, pas un de tes collègues n'aurait pu soupçonner, à voir ton calme, ton sourire, ta disponibilité joviale et spontanée, que tu avais été mêlé à l'Attentat. Les autres conjurés erraient de cache en cache (certains commençaient de t'en vouloir de ne pas les aider avec plus d'efficacité). La police se déployait aux frontières et dans la capitale. La chance était comme une boule qui roule encore avant de s'arrêter sur un numéro. A qui sourirait-elle ?

Le sourire de la chance serait pour la police. L'un des conjurés, arrêté pour désertion, et pour cette raison méprisé de ses gardiens, ne résista pas à l'apaisement de la vantardise. Dans le commissariat de province, tel un crétin, le voilà qui clamait sa participation à l'Attentat avec un grand A contre le Général avec un G. Ton recrutement n'avait pas été précautionneux. La parole d'un faible se retournait contre toi.

Le vantard fut transféré au service chargé de l'enquête. Une porte s'ouvrait sur la vérité. Il suffisait d'avancer avec application et de la découvrir comme le dessin d'une toile. Les deux commissaires ne firent pas autrement. Ils tinrent ce fil qui lie les gens et les événements. Un à un, les conjurés tombèrent. Ton autorité, ton prénom falsifié, ton existence dans le complot, émanaient de leurs témoignages comme un dernier mystère. Tu étais l'homme qui filait encore au nez et à la barbe des enquêteurs, l'officier prestigieux dont l'identité était la dernière pièce du puzzle. Une collection de clichés fut montrée aux conjurés : les militaires gradés de ton ministère. En reconnaissant ton visage, les deux plus jeunes ne surent pas réprimer leur mouvement naturel de familiarité. Tu étais en sursis, ton téléphone était sur écoute et ta maison déjà surveillée par la police.

Tu semblais ne te soucier de rien. Tu avançais dans le monde à visage découvert. A cause de cela tes camarades t'avaient jugé peu concerné par leur cavale. Tu te sentais un homme comme les autres parmi les autres, qui avait voulu ne pas subir sans agir, mais qui était un citoyen légitime. Tu n'avais pas imaginé de changer la moindre des habitudes de ta vie. En voyage à l'étranger pour le ministère, tu n'avais pas saisi l'occasion d'y rester. Pas un instant tu n'envisageas de quitter ce territoire national où pourtant tu étais hors la loi. Hors la loi ? Tu ne voyais pas de quoi on te parlait ! Tes convictions raidissaient ton jugement. Tu t'enfermais dans le monde mental de ta protestation. Une force inconsciente, à qui tu donnais les raisons de ta loyauté, t'entraînait vers le sacrifice. Rien ne perturbait la ligne que tu avais choisie : ni le silence du Comité militaire clandestin, ni les promesses jamais tenues de Marc, ni les arrestations successives du commando. Avais-tu donc perdu l'esprit ? Certains le croyaient. Illuminé ! dirait-on. S'interdisant toute supplique, Mathilde t'avait suggéré d'attendre à l'étranger le retour du calme. Tu y serais considéré, tes travaux intéresseraient n'importe quel Etat. Rien ne se calmera, disais-tu. L'épouse aimante n'avait pas insisté. Peut-être voyait-elle déjà combien tu voulais agir encore et que bientôt, pour toi, agir serait parler.

Et puis ce fut le dernier matin dans la liberté. Tu avais enfilé une paire de savates, un pantalon large ; en chemise décontractée, sur le pas de ta maison dont tu t'apprêtais à sortir, tu fus arrêté. On dit : appréhendé par la police. Les commissaires t'escortaient jusqu'à la grille du jardin, avec le respect dû à ton grade et le sérieux dû à leur mission. Comme si tu étais un dangereux malfaiteur, tout le quartier alentour était bouclé. Le tendre père amoureux de son ravissement ne devait pas échapper aux nombreux policiers venus procéder à son arrestation ! Tu étais coupable d'avoir voulu tuer le chef de l'Etat ! Et même si tu n'avais pas la tête de l'emploi, tu étais mêlé à un crime !

Le mystère de cet engagement t'enveloppait déjà. La conviction intime est une région mal connue de l'âme, surtout quand elle conduit à une criminelle préméditation. Qui pouvait te comprendre ? Les autres commençaient de construire un personnage. Tu devins le soldat perdu, armé par un désarroi d'amour, aveuglé mais sincère. De toi peu de choses étaient comprises. Tu étais intérieur et discret. Ta famille avait été élevée au silence et au recueillement. Frères, sœurs et parents t'entouraient de leur présence affectueuse sans effusion. Tel était votre style, qui longtemps allait perdurer et te dissimuler. Tu ne cherchais pas à être connu. Tes raisons seules méritaient de l'être. Tu entendais les proclamer haut et fort. Tu avais voulu interrompre la course du vieux héros, tu pouvais prouver son infamie. L'honneur était de ton côté. Tu t'en expliquerais, de sorte qu'il n'y aurait plus de moutons ensorcelés ! Il te suffisait que Mathilde fût derrière toi. Pour vos filles, elle éclairerait un jour le visage de ce père entré dans une action si inattendue.

10

Affranchi autant qu'isolé par tes jugements, conscient de ta valeur et de ta position d'officier, tu refusas de te soumettre à un interrogatoire qui, pour classique qu'il fût, te paraissait vulgaire. Tu étais fier de toi et de ta mission. La jalousie, l'envie, le calcul ou l'intérêt, l'aigreur ou la dureté, la panoplie de ces venins ne t'avait jamais atteint. Homme d'exception, tu ne t'abaissais ni par ce que tu pensais, ni par ce à quoi tu te prêtais. Tu n'avais pas de sang sur les mains, c'était une vérité que tu répéterais. Cela te donnait des droits. Tu étais un insurgé, pas un criminel. Résister à l'oppression était un devoir sacré. Apprenant que Mathilde était interrogée, tu entras dans une colère explosive, exigeant qu'elle fût rendue à sa famille. Ton épouse fut libérée, tu restas détenu. Les gardes à vue avaient été portées à quinze jours, tu dormais sur un lit de camp dans un des bureaux. Aux questions du commissaire, tu ne répondais pas. Tu écoutais le lacis des preuves que quelques mystères émaillaient encore. Tu n'étais pas d'un genre d'esprit à nier des réalités certaines. Quand l'évidence se fit en toi du succès de l'enquête, tu réclamas un prêtre et du papier. Avec le naturel qui était le tien, tu substituas à l'habituel interrogatoire une confession et une déclaration. Paul Donadieu avait des explications à fournir, des responsabilités à assumer, mais il ne faisait pas des aveux. C'était ainsi que tu voyais ton chemin : austère, chevaleresque, absolu. Oui, tu étais le seul chef de la conjuration. Tu l'avais menée, organisée, armée.

Pendant près de trois heures tu parlas, sans buter, sans hésiter, sans répéter. Tu dictas au commissaire une déclaration aussi claire et précise que les idées à quoi s'ancrait ta détermination. Jamais tu ne prenais une décision sans peser, connaître, réfléchir, et cette fois pas davantage que les autres fois. Ensuite tu ne déviais plus. C'est pourquoi tu n'exprimas aucun remords. Tu ne regrettais pas ton action : à la première occasion tu la répéterais, avec la même obstination. Rien d'inavouable n'entachait ce que tu avais tenté. Tu trouvas à le dire avec noblesse : il y avait dans l'histoire des peuples de ces moments tragiques où de telles opérations, violentes, étaient justifiées. L'Eglise elle-même leur accordait une légitimité dans des conditions qui, à ton avis, étaient largement remplies. De ton action contre le renégat, le bien de la Nation aurait résulté. Tu t'en référais à de grandes tragédies passées où des hommes dignes et francs s'étaient élevés contre des tyrans. Tu croyais revivre ces temps encore proches, qui firent des héros, rassemblés dans un juste combat, jetant leur ardeur dans une action fatale. Tu avais mené une opération militaire contre un pouvoir totalitaire et sanguinaire. A la fois pondéré et implacable, tu en exprimas les motifs, aussi grands que ta compassion pour les victimes des serments trahis. Le commissaire n'était plus seul avec toi, plusieurs officiers de la Sûreté militaire avaient rejoint l'enquête. Que laisseraient-ils filtrer jusqu'à Jean de Grandberger de ton réquisitoire contre sa politique ? Toi, tu ne laissais rien de côté : de cet homme que tu avais admiré, tout valait d'être rejeté et honni. C'était en parjure et non en héros que Jean de Grandberger s'inscrivait désormais dans l'Histoire. Le mythe devait tomber, les mensonges être réduits en poussière. Tu évoquas les malheureux dont le pouvoir avait fabriqué la souffrance : les ralliés abandonnés, les colons massacrés, les colons en exode, les colons dont la métropole ne voulait pas, l'armée déshonorée par son indifférence forcée. Ton cœur pactisait avec ces hommes et ces femmes contre le vieux traître qui leur avait menti, pire, qui s'était servi d'eux pour émerger enfin d'une retraite dans laquelle une décennie plus tôt son départ impulsif l'avait installé.

Tu analysas l'échec de l'opération en même temps que son montage, racontant son déroulé malchanceux, les imprévus et l'étonnante veine de la cible. Eh non ! vous n'aviez pas réussi à l'attraper ! Ton regard s'échappait dans un sourire des yeux. Tu te disculpas d'éventuelles basses accusations : tu avais pris garde à trouver un champ de tir dégagé. Tu avais donné l'ordre de viser les pneus. Vous n'aviez blessé personne. Tu n'avais pas agi par traîtrise car le cortège savait le pullulement des projets d'attentat. Tu n'étais pas un tueur, pas un factieux, ni un fanatique. A tes yeux, tu étais un juste, un homme qui défendait les principes de justice promus par la Constitution et la parole donnée du chef. Ta modestie ne s'embarrassait pas de fausse modestie, car tu savais que refuser d'être loué, c'est souvent vouloir l'être deux fois. Tu soulignas donc ton désintéressement, qui rehaussait l'importance de ta cause. Tu avais une famille heureuse et une carrière brillante : ta réussite n'était à aucun titre liée aux péripéties de la Terre du Sud. Tu avais agi pour la défense des victimes et pour l'intérêt national sans craindre de compromettre le tien. En disant cela tu avais les larmes aux yeux.

Ta franchise, ton intelligence et ton courage ne laissèrent pas d'impressionner le commissaire. Tu ne baissais ni le regard ni les bras. Il ne partageait pas tes opinions, mais il voyait que par ton acte tu avais échappé à l'indifférence, à la résignation, à la haine, à la peur et à la faiblesse qui soumettaient tant d'autres à n'importe quel pouvoir. Il se trouvait toujours des gens pour partir en vacances quand d'autres partaient en exil : certains bronzaient quand d'autres déminaient les plages en marchant. Mais toi tu prenais les armes. Quel orgueil cependant ! Quel homme seul pouvait espérer changer le cours d'un monde ? Tu disais que tu n'étais pas seul. Ton orgueil se nourrissait de ton amour des hommes et de leur liberté, renforcé de ton intransigeance pour celui qui les mettait en péril. A ce fonctionnaire qui faisait son enquête, tu parlas de solidarité. Il savait ta vie exemplaire. Il connaissait ta réussite claire, récompense de ta capacité de travail et de ton talent. Il voyait autant ton engagement que tout ce que tu avais à y perdre. Tu forças son respect.

Tu terminas. Le commissaire te fit quelques *demandes* (ainsi furent appelées ses questions dans le procès-verbal d'interrogatoire). Tu répondis de bonne grâce. La droiture était la géométrie morale de ton caractère. Le commissaire pouvait voir que tu étais incapable de mentir. Il y avait une grandeur d'âme en toi, une manière de tension jusqu'au-boutiste, effrayante pour ceux qui, souvent par précaution, avaient fait de la modération leur première vertu. Le commissaire ne fut pas effrayé. Il t'écoutait. Plus tard il dirait que tu parlais à la manière d'un pédagogue.

11

Ton arrestation broyait de l'orage dans le bleu tranquille de ton destin. Ta famille en reçut la foudre. Mathilde d'abord, seule tout à coup dans l'émoi et la confusion du présent. La peur était comme tapie devant un avenir qui portait le nom de sentence. Tes frères dispersés, qui avaient vécu plus soumis que toi, ne se doutant ni de ce que tu vivais ni de ce que tu tramais, étaient mortifiés par leur naïveté. Toi le frère admiré, tu avais connu le désarroi, le ressentiment, et ils n'en avaient rien deviné ! L'un et l'autre s'en voulaient d'être restés les bras baissés devant les serments bafoués, et les yeux aveugles devant ta colère silencieuse. Ils se sentaient lâches de n'avoir pas levé le bras et impuissants de n'avoir pas retenu le tien.

Quoi ! Paul si doux ! s'exclamait ton jeune frère Jean. Le désespoir alourdissait sa stupéfaction. Paul, si peu terre-à-terre ! Comment ce foutu Comité militaire clandestin avait-il confié la tête d'un commando de tueurs à un intellectuel pacifique ?! Jean n'aimait pas te savoir entre les mains de la police judiciaire. Lui qui te connaissait si bien n'en croyait pas ses yeux. Ton père aussi butait sur cette réalité : son fils aîné avait attenté aux jours du libérateur. L'admiration du père pour Jean de Grandberger allait jusqu'à la vénération inconditionnelle. Tu l'avais donc visé au cœur de ses affections. Son fils – un assassin –, la cible – l'homme de l'Histoire ! Votre nom était sali par la presse. Donadieu, le régicide. C'était le déshonneur ! Qu'avait-on de plus sacré que son nom ? Ton père te l'écrivit. Toi, Paul, tu lui apportais la honte. Plus grande que celle de ses propres défaites ! Tu n'étais plus son fils. Jamais plus il ne voulait te voir. Comble du reniement : il priait pour Jean de Grandberger ! Ce dernier courrier, tu le lui renvoyas sans y répondre. En silence son cœur se brisa. Eusses-tu voulu frapper ta famille, la diviser en incisant sur la ligne majeure, tu n'aurais pas mieux choisi. Tu le savais. Tu demandas pardon. Non pas d'avoir agi comme tu l'avais fait, mais d'infliger tant de souffrance.

Les femmes de ta famille gardaient l'espoir en gardant le silence. Ta belle-mère tendre, tes sœurs, tes belles-sœurs, entraient dans ce rôle ancestral de l'affection et de l'attente, qui les pose comme des statues paisibles, nourricières et patientes, par qui continue le quotidien de la vie autour d'un drame, par qui les enfants sont encore caressés et les hommes réconfortés, sans que jamais soit dit dans quel ciel infini elles puisent leur force ou ce qui, elles, les réconforte. Ainsi était Mathilde, vaillante, trouvant à sourire, tout entière dévolue aux besoins de son époux, n'oubliant pas ses filles dispersées chez des amis, leur cherchant des compagnies et des jeux, et forgeant des mensonges plus supportables à leurs jeunes oreilles que la vérité tragique.

Le cours naturel de ta vie s'interrompait : plus de nuits et de réveils avec Mathilde, plus de journées d'étude, plus de promenades avec les filles. Ni le vent ni le soleil ne venaient plus faire vivre ton visage, la prison mangeait tes jours, et l'enfermement, dans l'espace étroit et clos de la cellule d'où le ciel semblait banni. Les criminels ne vivent plus sous les mêmes nuages que les autres hommes. Tu avais tout avoué, cela ne s'appelait pas autrement malgré la hauteur de tes paroles. Tu fus aussitôt dépossédé de ta vie : incarcéré. Un avenir scabreux altérait pour longtemps le bonheur déjà amenuisé par le présent. Depuis ton arrestation, tu n'avais vu ni ton épouse ni tes filles. En souffrais-tu ? C'était imperceptible. Tu étais devenu un être habité. Une lumière mystérieuse nimbait ton visage. Tu te tenais à l'écart. Mais tu écrivais de tendres courriers, attentionnés, par lesquels tu espérais amoindrir la souffrance des tiens. A l'aînée de tes filles, tu parlais de l'école, et de maman qu'il fallait aider. A Mathilde, tu disais ta force et ta bonne foi. Tu ne te plaignais jamais de sorte qu'elle ne fût pas tentée de te plaindre.

Un branle-bas de combat configurait la famille autour de toi. Mathilde était au centre, autorisée à te visiter et veillant à satisfaire tes demandes. Ton jeune frère Jean, entreprenant, et ton cadet (presque jumeau) Charles, officier d'active, œuvraient de tous les côtés à nourrir ta défense. Tes sœurs soutenaient tes parents, murés, muets, détruits, qui n'appartenaient plus au monde. Un silence réprobateur emplissait et enveloppait leur maison, loin, dans ces provinces froides par le climat autant que par les expressions minuscules qu'y trouvent les cœurs éduqués à la dure. Là-bas, sur ces terres envahies, perdues et regagnées, et perdues à nouveau, comme violées sans cesse par les guerres et les traités, les esprits étaient acquis à Jean de Grandberger. Dans ta propre ville, l'Histoire et la Géographie te signifieraient ta déchéance.

12

Pas plus navré que traumatisé, d'une indifférence souveraine qui ne négligeait pas la fermeté, et astucieux (il en avait profité pour modifier l'élection à sa succession), Jean de Grandberger avait surmonté l'émotion de l'attentat. Sa chance, et les récits qui circulaient de son impassibilité grandiose, pimentaient son auréole historique. Voilà un géant qui vivait si dangereusement que cela faisait un roman ! Voilà un héros que les balles n'atteignaient pas ! Le prestige du personnage s'en était accru. Le cortège des flatteurs s'attendrissait de sa petite femme qui le suivait partout sans broncher. Le grand homme en plus était aimé !

Charlotte s'était étonnée de n'avoir pas senti la peur. Tout était allé si vite ! Elle n'avait pas eu le temps de trembler. D'ailleurs, mourir avec Jean n'avait aucune espèce de gravité. N'était-ce pas ce qu'elle espérait ? Etre avec lui jusqu'au bout de la vie. Elle ne craignait que sa mort à lui, qui pouvait advenir loin d'elle, et qui la laisserait seule, privée de son maître. Elle était son petit chat têtu qui voulait être là, l'épouse chérie qui faisait ce qu'il demandait, qui l'écoutait et ne répondait que dans l'intimité, en cherchant, quand elle désirait le contredire, la forme parfaite qu'il était capable d'entendre.

Depuis l'attentat, le moindre déplacement était devenu une affaire d'Etat. C'était le cas de le dire. Partout Charlotte et Jean faisaient l'objet d'un grand déploiement de sécurité. De la sorte Charlotte se sentait dépossédée de sa vie. Nulle part elle n'était chez elle. Jamais elle n'avait goûté ce palais doré comme une boîte de dragées tralala, avec ces angelots nus qui batifolaient au plafond. Et quoi encore ? pensait-elle, pudibonde et rigoriste. Elle rêvait à sa maison, aux champs sous la brume, au jardin tranquille, au grand compas de Jean qui l'arpentait. Comme elle était lasse de la politique ! Et quel fardeau, ce pays à mener vers son destin ! Mais elle accompagnait Jean partout où l'emmenaient les affaires. Ses forces se rassemblaient dans ce dévouement d'amour. Avait-elle une autre existence qu'auprès de lui ? S'il mourait, elle voulait être à ses côtés.

Il ne mourait pas. Jean de Grandberger menait sa politique de grandeur nationale, de réconciliation et de conciliation entre les deux blocs. Du Vieux Pays il espérait faire une sorte de troisième force au cœur du monde scindé en deux. Il frayait avec tous les chefs d'Etat. Le souci de la Terre du Sud était loin : un souvenir dépassé. Parmi ses collaborateurs, au Palais, personne ne parlait plus de l'attentat. La police faisait son travail. L'affaire en somme était classée. Et ce Paul Donadieu était un sacré imbécile ! Voilà ce qu'avait dit Jean de Grandberger, informé du visage, du nom, et de la qualité de celui qui avait commandé cette opération manquée. Un officier supérieur instigateur du guet-apens ! Un brillant membre de l'élite intellectuelle et militaire ! Que diable était-il venu faire dans cette galère ? aurait pu s'écrier le général estomaqué. Il s'était contenté de jurer tout bas. Ce jeune crétin, il le condamnerait sévèrement, puis le libérerait quand tout serait tassé. C'était ce qu'il avait projeté sur le moment. On le disait. Le pensait-il ? En tout cas, il croyait avoir jugé l'homme. Il en serait pour ses frais. L'homme aussi.

IV

UN SIMULACRE

1

Au Vieux Fort s'ouvrit le procès des conjurés. La farandole éparpillée des accusés, des juges, des avocats, des témoins, des familles et des journalistes, reformée par l'événement, se posa aux pupitres et sur les bancs. Cela faisait du monde, un monde témoin, un monde complice. Une police abondante cernait de surcroît l'affaire. Mitraillettes à la main, chargeur engagé, les gardes mobiles tenaient l'entrée de la salle d'audience. Elle était en sous-sol, on y descendait par un petit escalier renfoncé avec l'impression d'aller se cacher dans une cave. A l'extérieur, des barrières métalliques canalisaient les visiteurs autorisés à suivre les débats, et qui, en silence, avec une sorte de gravité, passaient les contrôles. Des policiers en civil promenaient leur vigilance autour du lieu, aux aguets de n'importe quel surprenant plan d'évasion. Ils ignoraient que Paul Donadieu, en homme d'honneur, opiniâtre, attendait de ce jugement une tribune. Il ne s'échapperait pas : il parlerait.

Le cœur de l'hiver était glacial, celui des juges pris dans les glaces de l'indifférence : un froid de loup, une justice de loups. Un grand chef de meute avait organisé sa justice. La parodie clandestine se jouait dans un décor lugubre, sous un ciel blanc sans lumière, au milieu des grands bâtiments de pierres devant quoi se dressaient des arbres aux branches défeuillées, noires, que zébraient de fines lignes de neige. Dans les fossés de ce château, l'Histoire toujours cheminant avait vu fusiller des accusés jugés à la hâte. Il en restait comme une trace funeste, impalpable, que percevaient les mémoires averties. Chaque matin, un car grillagé amenait le commando de la prison au lieu de son jugement.

Dans son manteau de lainage clair, le col de fourrure boutonné sous le menton, Mathilde Donadieu se hâtait. Peut-être craignait-elle le harcèlement si malvenu des journalistes. Elle garait sa voiture. Les talons de ses escarpins claquaient sur les pavés tandis que sans perdre de temps, trottinant à la manière de ces femmes qui font tout en se pressant, elle sortait de son sac à main son laissez-passer. Cent pensées lui tapaient la tête, sans relâche, du matin au soir, et au milieu de la nuit, en une chorégraphie qui ne pouvait s'ordonner tant elle prenait source dans l'angoisse archaïque de la perte et de la mort. A qui encore parler de Paul ? Que suggérer, que faire ? Quel argument nouveau ranimerait les cœurs indifférents ? Quel témoin citer à qui l'on n'aurait pas pensé ? Avait-elle bien pris toutes les affaires et papiers qu'avait demandés Paul ? Qui s'occuperait ce soir des enfants ? Y avait-il dans le réfrigérateur de quoi faire à dîner ? Mathilde ne capitulait pas. Et lorsqu'elle pénétrait dans le sous-sol sombre, à peine transformé pour l'occasion, où la lumière des néons durcissait les visages, c'était comme s'engloutir dans un antre sinistre que rien ne venait réchauffer, pas une marque de la justice en train de s'accomplir, pas un geste d'humanité. Car la réprobation gonflait un halo agressif autour de ce procès.

Le froid régnait dans la grande salle et l'on étouffait. Le moindre bruit résonnait et le public se mouvait avec précaution, comme on le fait à la messe ou pendant un spectacle. Prendre ses lunettes ou se moucher paraissait toute une entreprise. Le moment était sérieux et falsifié. Les journalistes paraissaient haineux et sourds, hostiles aux accusés et à leur cause, qu'ils prétendaient résumer en quelques idées superficielles (et donc erronées). Ces étoiles de la presse se perdaient dans des chuchotis qui caressaient sans attention les événements du monde, puis couraient écrire des papiers sévères sur ce qui se passait dans ce procès. Les accusés étaient livrés travestis à la vindicte d'un peuple mal informé. Les familles enivrées de peine et d'espérance faisaient seules une clameur obstinée qui répondait, comme un écho irrécusable, à chaque parole prononcée devant la Cour. Ces hommes, nos maris, nos fils, nos amis, avaient mené une action violente et contestable, mais ils ne l'avaient pas menée pour rien. Ils avaient pour cela des raisons graves, dont ils étaient capables de s'expliquer. Pouvaient-ils trouver quelqu'un pour les écouter, et comprendre, et répercuter au-dehors, devant le peuple, ce qui les avait animés avant de les amener sur ces bancs ? C'était la témérité des familles : invoquer l'intelligence du pays.

La Cour militaire de justice était une de ces juridictions d'exception que, par simple ordonnance, créait puis dissolvait Jean de Grandberger. Il y mettait autant de diligence que pour qualifier les atteintes à la sûreté de l'Etat. Son pragmatisme avait donné de la souplesse à la justice nationale, son patriotisme lui donnait de la rigueur. Le Vieux Pays semblait accoutumé à ces temps policiers. Il s'accommodait d'une radio et d'une télévision d'Etat. Les écrits voués à la protestation étaient saisis sans protestation significative. La police parallèle avait de l'influence, la propagande encore davantage. Il suffisait que Jean de Grandberger apparût sur le petit écran et l'on ne discutait plus. Pourtant la Cour militaire de justice avait été déclarée illégale. La plus grande instance judiciaire du pays avait réclamé sa dissolution immédiate. C'était un fait unique dans l'histoire du Vieux Pays et de ses tribunaux d'exception. Il n'en était rien advenu et la Cour illégale venait d'être saisie pour l'occasion. Jean de Grandberger avait les pleins pouvoirs et s'en servait. Les juristes les plus éminents écrivaient que l'essence des juridictions spéciales était contraire à la morale. Aux yeux du général, elles possédaient le grand mérite de priver la défense des droits élémentaires. Aux fins de ce procès qui lui tenait à cœur, Jean de Grandberger avait fait voter la prolongation de la Cour. Les conjurés étaient entre les mains du chef de l'Etat.

Car les remparts habituels qui protégeaient la liberté et l'impartialité des juges étaient tombés pour cette occasion. Les juges étaient désignés par décret. L'acte d'accusation était un décret du chef de l'Etat. Toutes les voies de recours étaient coupées. Les sentences étaient exécutoires. Sans appel, les juges étaient juges absolus. Leur sévérité était implicite, prescrite par des pressions mordantes, et la sentence attendue. Jean de Grandberger voulait la peau des conjurés. De même qu'il avait voulu la victoire pour offrir l'indépendance, il laissa croire qu'il voulait la condamnation pour accorder la grâce. Les ministres étaient partie prenante. Certains étaient assez naïfs pour croire à l'indulgence présidentielle. D'autres s'étaient habitués : de toute évidence, ces dernières années, il s'était agi de condamner bien plus que de juger. Les magistrats nommés par Jean de Grandberger ne s'en étonnaient pas. Ils savaient. Les crimes contre l'Etat – et Jean de Grandberger était l'Etat – méritaient la mort. Quelques déceptions dans d'autres procès avaient mené à la dissolution des jurys. Jean de Grandberger n'était-il pas tombé pâle, tout en blancheur, en apprenant qu'un général rebelle avait sauvé sa tête ? Les juges pouvaient au mieux refuser la tâche indigne de représenter si mal la justice. Et encore ! Qui osait faire pareille offense au grand héros de l'Histoire ?

A situation d'exception, justice d'exception : Jean de Grandberger, cette fois sans palabrer, faisait fi de bien des principes. La singerie juridique ne lui faisait pas plus peur que la guerre ou la mort. Les conjurés avaient droit à un tribunal sur mesure. A son pupitre surélevé, silencieux devant l'épais dossier de l'accusation, le procureur était un faux général, mobilisé et gradé pour l'occasion, par décret présidentiel. Se l'entendre dire, dès le premier jour, le mettrait en colère. Il savait requérir et obtenir la mort, il avait été choisi pour cela. Assis face au box des accusés, il ne les regardait pas. Attablés devant le public, sur une estrade eux aussi, cinq juges militaires siégeaient, dont un colonel qui comme le procureur ne porterait ses galons que pour la durée du procès. L'état d'urgence mettait les simulacres et les succédanés à la disposition de Jean de Grandberger. Lui qui avait tant critiqué, utilisé et manipulé l'armée, pourquoi se priverait-il, lorsque c'était utile au pays, de galvauder l'uniforme et les galons ? N'avait-il pas prévenu en arrivant au pouvoir que les décorations venaient à bout des regrets et des remords ?

Les mauvaises impressions submergeaient Mathilde. Mais elle pensait plus au combat qu'à l'issue, non qu'elle fût frivole ou inconsciente, mais concentrée, intrépide et tenace comme sait l'être l'amour. Il fallait se battre contre un pouvoir infiltré dans tous les rouages et doté d'imparables autorisations. La date du procès, la hâte qu'on y mettait, l'instruction qui n'avait pas été close, la succession des décrets, la compétence discutable du tribunal, en prouvaient l'efficacité. Décret du général de Grandberger, l'acte d'accusation portait mention des crimes répertoriés comme crimes d'Etat. *Attentat contre l'autorité de l'Etat. Tentatives d'homicide volontaire avec guet-apens.* Autant de mots derrière quoi cacher l'intention de sévérité. La raison d'Etat était brandie comme un drapeau, un laissez-condamner. Les chevaliers du droit risquaient alors de plier devant la volonté du pouvoir exécutif. Quelle sorte de justice était-ce ? Pouvaient-ils laisser bafouer le principe sacré de la séparation des pouvoirs ?! Les défenseurs se rebellaient, contestant la saisine et la compétence des juges. Dans ces conditions, que faisons-nous devant vous ?! leur demandaient-ils. Arrêtez ce simulacre ! Rétablissez les recours ! Le Vieux Pays n'est plus en guerre, n'est-ce pas ? Ils se réclamaient de la morale autant que de la justice. Ils imposaient aux juges de prendre l'indépendance qu'ils n'avaient pas. Serez-vous les victimes de votre temps ?! Ils leur rappelaient le jugement de l'Histoire. La situation était exceptionnelle. Attention ! Regardez tous ces décrets ! criaient-ils. Quelque chose ne vous choque-t-il pas ? Jean de Grandberger se trouvait dans leur affaire à la fois juge et partie. Ils le disaient. C'est une occurrence très rare que celui qui a failli être la victime soit en même temps celui qui accuse ! En somme Jean de Grandberger se trouve intéressé par le crime commis, par la procédure suivie, et par la répression. C'est évidemment trop ! s'exclamait le plus réputé des avocats. Et sur cette remarque imparable, l'audience avait été suspendue.

Le ministère public apportait les réfutations qu'il pouvait. Les demi-journées passaient. Les débats promettaient d'être lourds. Le procès serait long. Les sous-entendus, les accusations, les phrases assassines enflammaient les visages. Les juges en entendaient de toutes les couleurs. Vous avez contre vous l'opinion internationale ! Vous avez disparu ! Vous êtes une émanation d'un pouvoir dictatorial et non du peuple ! L'aura du général, sa grande figure charismatique et volontaire, ne quittait pas l'audience (les juges pleins de crainte et de respect faisant face aux défenseurs capables, eux, de suspicion et de rébellion). Sa trajectoire personnelle et brillante dans l'Histoire fut évoquée. Quelques tristes affaires furent mentionnées. Jean de Grandberger n'était pas resté à la tête de la victoire sans quelques compromissions. En matière de crime politique, quelle est la conception personnelle de Jean de Grandberger ? demanda l'un des défenseurs. Sa vie légendaire a fait feu de quelques-uns ! Je ne vous permets pas ! s'écria le président du tribunal. Permettez ! Je vous en prie ! Sous les crânes bouillonnaient les ferveurs, les idéaux, les attachements et, plus que tout, l'admiration envers Jean de Grandberger. Le respect ou la peur ? Les exclamations fusaient dès qu'il était critiqué. Oh ! Ah ! Que disait-on ! Quelle offense faisait-on au chef de l'Etat ?! Son autorité, dissuasive, s'étendait sur le tribunal, le public, la liberté de pensée.

Tu étais impassible, assuré par ta ligne de conduite. Tu avais derrière toi des jours d'isolement, de méditation et de prière qui t'avaient fortifié. Ta conviction était ta forteresse. Comparaître était pour toi une chance plus qu'une épreuve. Enfin les explications seraient publiques ! Tu pourrais compter sur des témoignages publics. Et tes propres mots seraient publics, qui parleraient en ton nom des motifs, des crimes et des espérances. Tu plaiderais que résister à l'oppression est un droit sacré.

L'expression *sûreté de l'Etat* recouvrait non pas seulement un crime précis, abominable, méritant le nom de forfaiture, mais aussi, dirais-tu, toutes sortes d'actions exceptionnelles que parfois l'Histoire avait légitimées. Jean de Grandberger le savait mieux que quiconque. Tu éclairerais la réalité de l'oppression contre quoi tu t'étais levé et, de la sorte, la qualité de ton action.

2

Ton tour vint de parler. Tu attendais ce moment depuis le jour de ton incarcération. Tu avais écouté chaque parole prononcée dans ce tribunal. Tu te levas, concentré devant ton micro, dans l'uniforme bleu, arborant ces galons et décorations qui disaient quelle était ta vie. Tu étais au centre de tous les regards, élevant une voix à la fois brisée par l'angine et glacée par l'émotion. Tu avais une longue déclaration à faire. Toi l'accusé, tu passais à l'accusation. Tu prendrais la parole et le crime changerait de camp. Tu avais beaucoup à dire. Chaque jour, dans ta cellule, acharné, tu avais couvert des feuillets d'une écriture qui se serrait pour attraper ta pensée très ordonnée. Peu de ratures sur ces pages, tu connaissais ton sujet, il t'habitait. Ces pages étaient maintenant dans tes mains. Tu les lisais au micro, et par instants, lorsque tu évoquais les souffrances des autres, l'émotion t'étreignait et tu toussais comme si tu étouffais. La fièvre faisait perler la sueur sur ton front, tu t'essuyais avec un mouchoir, prenant ton temps.

Tu pris le temps de tout. Au préalable, et au nom de tes camarades, tu te plaignis des conditions de votre détention. Tes arguments étaient précis : des températures, des dimensions de cellule, des horaires, des permissions et des interdictions, tu n'éludais rien. Pas plus qu'elle ne t'effrayait, ta nouvelle situation de détenu ne t'empêchait de raisonner. Le tribunal saurait que les accusés ne s'étaient pas lavés depuis une semaine ! Les horaires des séances et le règlement de la prison ne le leur avaient pas permis ! Tu expliquais cela très calmement. Tu ne quémandais pas, tu sollicitais dignement des droits. Ta protestation était vivifiante. Tu avais trouvé l'élan et gardé assez de naïveté pour écrire au ministre ! L'ingénieur n'avait pas fini de parler. Etant expliquées les causes de ton état fébrile, tu entras dans le vif de ton propos. Monsieur le président..., commenças-tu. Et tu étais très ému, car tu allais livrer le sentiment de ton cœur, et dire ce à quoi tu avais sacrifié ta vie heureuse. Ton frère l'était aussi, qui pensait dans le secret de son angoisse : Hâte-toi de clamer ton innocence, Paul, car qui sait ce qui va t'arriver !

Déjà les juges semblaient exaspérés. Par quoi l'étaient-ils ? Ton esprit raisonneur ? Ta pugnacité qui ne cédait sur rien ? Ta prétendue maladie à laquelle ils ne croyaient pas ? Tes remarques sur les piètres conditions de votre détention ? Ou bien d'avoir à écouter les justifications d'un crime qui était déjà jugé ? Ou alors était-ce d'entendre l'Histoire, les tortures et les crimes dont la Terre du Sud était encore le théâtre ? Car tu criais ce que l'on taisait et que les juges connaissaient aussi bien que toi. Qu'est-ce qui te prenait donc de parler de tout ça ? L'indépendance n'était-elle pas inévitable ? Toi, tu disais que l'horreur de l'été n'était pas fille de l'indépendance qu'on venait d'accorder, mais de la manière dont le héros vaniteux et parjure l'avait donnée : en faisant des charades. Les cinq hommes sur l'estrade étaient de pierre, figés, indifférents à tant de reniements dont tu dressais la liste implacable. Un ordre les fermait à la compassion. Ensemble ils obéissaient et, rassurés peut-être de se tenir les coudes, se penchaient parfois l'un vers l'autre pour se dire un petit mot, comme si ton propos pesait léger et qu'ils pouvaient bien se passer de tout en écouter. Les avocats étaient aux aguets du moindre vice de la part de ces magistrats de dictature. Partout dans la salle, une tension extravagante raidissait l'auditoire et faisait un frémissement d'ondes autour de ton micro. Un journaliste dessinateur fit de toi un somptueux croquis d'où émanait une distinction peu ordinaire. C'était le militaire, l'homme épris de justice, et finalement le prétorien, qui apparaissaient dans les traits de son crayon. Tu te tenais mince et droit comme le fil d'une épée et tu parlais.

Tes paroles tombaient telles des gifles. Stupéfié par ton intransigeance, le public était suspendu au danger qu'avivaient tes démonstrations. Une boule de feu voletait dans la salle d'audience. Tu étais le taureau inconscient qui fonce sur le drap rouge derrière lequel se cache l'arme mortelle. Là-haut dans le ciel du pouvoir, très loin, au-dessus des hommes et de ce tribunal, dominait la silhouette de Grandberger. Le public se figurait sa haute figure, étranglée de colère, armée pour te réduire au silence. Tu sacrifiais ton existence à la vérité que tu défendais. Tais-toi ! Ne dis plus un mot ! auraient pu te crier ces observateurs désolés qui te voulaient du bien, tes avocats, tes frères. Mais c'était toi qui les avais fait taire, dès qu'ils s'étaient chargés de ton salut. Ta défense t'appartenait. Tu en avais été l'artisan résolu. Et tu dirais ce que tu avais à dire.

Tu parlais donc, la liasse de feuillets à la main. Tu condamnais la tyrannie. Le tableau était cru dans ton regard ! On aurait dit que tu réclamais ton trépas. Ta témérité faisait frémir. Que pensait Mathilde ? Elle pouvait regretter ce réquisitoire qui accroissait ton péril. Elle aurait pu préférer n'importe quel mensonge qui te sauvât à ces vérités qui allaient te tuer. Elle aurait pu te crier : Fais le fou, Paul ! Oui ! admettons que tu es aliéné ! Ou bien mens et dis que j'attends un enfant de toi. Le mensonge, la corruption, le reniement valent mieux qu'un sacrifice inutile ! Dis que tu regrettes ce que tu as fait. Oh ! dis n'importe quoi qui désarme celui que tu exècres. Le pardon, comment l'obtenir ? Pourquoi ne veux-tu pas de pardon ? Mathilde Donadieu ne disait rien de tout cela. Elle ne te donnait aucun conseil, abandonnait suppliques et plaintes, pour te laisser faire comme tu voulais. Nul ne fléchissait jamais tes décisions et elle voulait être dans la même hauteur de vues, avec la même dignité, en harmonie avec toi. La tête inclinée, elle ne te quittait pas des yeux, toi son mari et son amour. Les mains serrées l'une contre l'autre, comme en une prière, elle écoutait le déroulé de ta pensée obstinée. Ne pouvais-tu choisir la vie plutôt que l'honneur de mourir ? Non, tu ne le pouvais pas, et la voie du martyre avait plus d'attrait que celle du silence, qui t'aurait valu peut-être la grâce et assurément le déshonneur. Mathilde te devait d'avoir un courage égal au tien. Alors elle l'avait ! Et c'était passionnément, sans regret, qu'elle t'écoutait.

Pendant trois heures, tu expliquas. Comment devient-on un conjuré quand on possède une âme militaire ? Comment envisage-t-on de tuer un homme lorsque l'on est un chrétien ? Comment oublie-t-on sa famille pour devenir l'instigateur d'une conjuration ? Comment perd-on la vie pour une conviction ? Devant tes juges et tes parents, tu incarnais cette énigme. C'est pourquoi tous attendaient ta déclaration. Ta réponse était aussi longue et méthodique que ta méditation. Tu contas l'Histoire telle que tu l'avais ressentie : une traîtrise criminelle, une infamie par laquelle un génocide se perpétrait sous les couleurs de ton pays. Tu remontas le temps afin d'éclairer l'ambition personnelle qui s'était servie d'une cause. Qu'avait dit Jean de Grandberger lorsqu'il était revenu au pouvoir ? Quels étaient ceux-là mêmes qui, l'ayant rappelé, avaient entendu ses promesses ? Quelqu'un l'avait-il obligé à prendre ces engagements ? Quelle était la valeur des serments d'un chef d'Etat à son peuple ? Comment ensuite avait agi Jean de Grandberger ? Quel soin avait-il vraiment pris du territoire national et des hommes qui se réclamaient de ce Vieux Pays ? Comment avait-il négocié avec les rebelles ? Comment avait-il protégé les citoyens ? Tu parlas de l'armée dépossédée de sa victoire et contrainte à l'indifférence. Qui pourrait jamais effacer la honte des officiers abandonnant les supplétifs indigènes ? Ils étaient des milliers à mourir, désarmés, torturés comme traîtres à la Patrie ! Comment qualifier l'accueil des colons rapatriés ? Etait-il digne d'un vieux pays civilisé ? Tu posais ces questions, tu donnais tes réponses, une à une, sans rien éluder, et cela gonflait un flot de sang dans lequel trempaient les mains d'un homme tyrannique.

Tout de même la grande figure était éclaboussée ! Le panorama faisait naître une telle gêne que les juges, comme des sphinx énigmatiques, ne te regardaient pas. Ta fougue, ton esprit épris d'idéal, revêtaient à leurs yeux un caractère non pas poignant, comme l'espérait Mathilde, mais exagéré, inadmissible, et dangereux. Tu n'avais pas davantage la faveur des journalistes. Certains t'avaient peint sous les traits d'un mathématicien rigide et exalté. D'autres dodelinaient maintenant de la tête comme s'ils entendaient d'incroyables fadaises ! Tous prenaient des notes rapides. Que pouvaient-ils bien écrire avec leur air de dire : Ce type est fou ! Quelle haine ! Mais non, il a tort ! Quelle folie ! Ta voix calme, ta prestance, la qualité de ton expression, un magnétisme de l'ensemble, rien ne les touchait. Et toi tu ne pensais qu'à une chose : Je veux que l'on me croie. C'était une insurrection solitaire. Seul le public était ému chaque fois que tu l'étais et, dans sa liberté (celle que les juges avaient abandonnée), sensible encore à cette ligne de droiture en toi qui ne pliait pas.

Tu demandas une interruption de l'audience pour te reposer. Tu avais la voix cassée, tu n'étais plus capable de parler. Mais pourquoi donc parle-t-il autant ? pensaient les juges (ta déclaration n'avait aucun caractère obligatoire). Leur ironie, arguant de ta performance pour nier ta fatigue, était un affront à la justice. Vous avez très bien parlé ! Continuez ! disait le président. Les avocats protestèrent. La défense tout de même avait des droits. Vêtus de leurs amples robes noires, menaçant la Cour, ils figuraient des épouvantails vivants qui, dans ce tribunal commandé, n'effrayaient personne. Toi tu ne disais rien, absorbé par la vérité que tu portais, absent au reste. Tu t'étais sacrifié : ta vie ne comptait déjà plus. Ce choix funeste te séparait des autres. Tu avais une manière étrange de te tenir au-dessus des mêlées, détaché de ce qui te semblait prosaïque, dévoré par ce que tu voulais révéler, emporté dans la griserie de l'accomplissement. Le président accorda une heure de repos. Dans une petite salle à part tu embrassas ton jeune frère Jean. Mathilde était silencieuse et douce. Tu la serras dans tes bras. Tu lui souriais avec tendresse, mais la matière de ta vie s'était concentrée dans ton discours. Il te fallait faire éclater au grand jour la vérité que tu distinguais et que tant d'allocutions télévisées avaient masquée. Malgré cette obsession, ton visage était empreint d'une tendre sollicitude. Tu ne voulais causer aucune souffrance en révélant la tienne, de sorte que tu te tenais vaillant. Quand le timbre strident de la sonnette retentit dans le tribunal, tu rejoignis ta place, tu repris en main la liasse de tes feuillets. Le président t'appela sèchement à poursuivre. Tu te levas.

Et de nouveau ta voix que l'émotion rendait mate (et moins douce que ton cœur) s'éleva dans le micro. Tu élaborais ta conclusion : Jean de Grandberger méritait la Haute Cour de justice. Si dans ce pays les hommes politiques avaient du courage, ils mèneraient devant un tribunal celui qui les menait en bateau. Tu élaborais ce qui t'élaborait. Comment aurait-on pu t'interrompre ? Tu allais à la précision : le parjure, la trahison du vieux général étaient manifestes. Ses décisions étaient des faits accomplis. Son imposture avait causé des crimes par milliers. Sa malice rongeait l'esprit intelligent du Vieux Pays : étourdis dans le brouhaha mensonger des discours, les citoyens étaient empêchés de penser. Le métier des armes était déserté par les soldats les plus honorables. L'Etat de droit était bafoué, la séparation des pouvoirs un principe au placard. Et un seul homme était responsable de ces forfaitures ! Oui, tu avais pensé agir pour le bien en le neutralisant.

Tu invoquas la légitime défense qui est un droit. Toi et tes hommes aviez agi au nom des victimes. Ce geste – arrêter le tyran –, bien d'autres l'avaient accompli avant vous. Car la résistance à la dictature était un devoir sacré. Tu pensais que des adorateurs du libérateur pouvaient bien comprendre ce point. Tu n'oublias pas Dieu ; il jugerait le coupable. Tu en appelas au jugement de l'Histoire, tu ne rendais des comptes qu'à tes enfants. Tu t'adressas aux hommes de bonne volonté. Tu parlas de la solidarité entre les hommes, celle-là même qui vous unissait à ceux qui souffraient sur la Terre du Sud. Jean de Grandberger n'avait fait qu'attiser l'indifférence aux victimes. Mais il existait une autre loi, plus généreuse et plus fidèle, celle de Dieu et de l'humanité. Alors, au nom de cette alliance et de cette loi, tu clamas votre innocence et votre loyauté.

C'était fini. Pendant trois heures tu avais expliqué ton acte. La liste était dressée des raisons d'un attentat qui avait raté de toutes les manières possibles. Un silence immense suivit ton silence. Cela pesait aussi lourd que tes paroles. Les visages moroses et clos des juges étaient indéchiffrables : pas un tressaillement, ni le papillotement d'un cil. Ces grands mots, *innocence*, *solidarité*, *justice*, ennoblissaient le monde, les hommes qui les défendaient, et toi qui les prononçais comme un défi dans ce tribunal. Refusant d'être pris dans la glace des cœurs ordinaires, le tien brûlait.

Tes frères étaient pâles, bouleversés, éblouis et inquiets. Tes mots étaient si élevés, mais si dangereux ! Ils se taisaient, comme Mathilde, assise sur son banc, qui te regardait. Elle pensait que tu étais beau et innocent. Le cœur de tes juges était-il mort pour qu'aucun d'eux ne le vît ? La voix du président brisa le sentiment d'une élévation qu'avaient produit tes paroles. Ton message était donc resté lettre morte ! Vieillis par trop de batailles, témoins de trop de trahisons, accoutumés à toutes les morts, rassasiés d'émotion, en service commandé, sous tutelle, tes juges ne se laissaient pas émouvoir. Leur morgue les défendait de toute adjuration.

Leur mansuétude était inaccessible. Ils ne croyaient pas qu'il y eût mystère à te comprendre ni tant de vilénie dans l'Histoire. Il n'y avait qu'un homme coupable, un guet-apens, la vie du souverain en danger et la sûreté de l'Etat menacée. La séance était levée.

3

Ton interrogatoire commença. Voilà qu'après ta justification aussi élaborée qu'une démonstration, des questions prosaïques nourrissaient un bavardage interminable. Tu répondais de façon posée, méthodique, sans jamais manquer de sincérité. Ton cœur semblait celui d'un enfant ; dans la vie tu te tenais comme un tout jeune esprit : sans calcul. Avec une sorte de mépris inexplicable, beaucoup de gens commençaient à dire de toi : Quelle naïveté ! Certains, plus sensibles à la qualité de ta conviction, pensaient : La pureté dangereuse.

Tu avais tenu à dire que ton opération n'était pas un attentat contre la vie, elle visait à placer Jean de Grandberger en état d'arrestation de manière à le juger. Tu t'étais opposé à tout projet d'exécution sommaire ! affirmais-tu. Personne ne te croyait et les juges t'embêtaient sur ce point. Tu disais : Il n'était pas question de tuer le chef de l'Etat. Il suffit de regarder les impacts ! Et il y avait là une réalité : les balles qui avaient touché la voiture étaient une part infime de celles qui avaient été tirées. Le président hochait la tête. L'attentat reconstitué, les tirs de toute évidence dirigés vers les pneus, tirs d'arrêt, tirs d'intimidation, dont les impacts marquaient plus la chaussée que le véhicule, la chance de la cible même, étaient autant de faits qui auraient pu te donner raison. Si nous avions voulu tuer, il nous aurait été facile de le faire et Jean de Grandberger serait mort à cette heure, disais-tu en faisant la liste des occasions que vous n'aviez pas mises à profit pour le crime. Non seulement tu n'avais pas voulu tuer, mais tu n'avais pas tué. Le sort heureux du grand général n'était peut-être pas le sort, mais votre choix de conjurés. Pourtant nul n'adoptait cette thèse. Dans la tête de tes juges, de tes accusateurs, la chance ne dénotait que de la chance, sans rien changer à l'accusation. Personne n'avait été blessé. C'était un miracle ! La question de savoir si véritablement c'en était un, le jury ne se la posait pas. Cette réalité des tirs vers le sol serait-elle assez envisagée ? Ou bien la simple idée que la mort aurait pu advenir suffisait-elle à faire de toi un coupable ? Comme si le tribunal jugeait davantage ce que tu aurais pu faire que ce que tu avais fait ou voulu faire. L'image de la voiture officielle, perforée en quelques endroits mis en évidence avec talent, était déjà en elle-même un sacrilège. La grande figure de Jean de Grandberger, raide dans sa grandeur, intouchable comme un patrimoine national, tenait les respirations. Et toi tu avais conçu un guet-apens contre cet homme dont les mots étaient dans la Mémoire de l'Histoire ! Tu l'accusais d'être sans scrupules et aveuglé par ses propres motifs. Honte à toi, quelles que fussent tes raisons !

Les jours d'audience se succédaient. Quelques accidents extérieurs secouèrent les cœurs. Des choses que l'on n'attendait pas se produisirent. D'autres que l'on espérait furent perdues. D'autres encore, dont on n'avait pas idée, furent à envisager. C'était Jean de Grandberger, invisible, muet, omniprésent là-bas depuis son palais, qui faisait voter une loi pour prolonger l'exception de cette justice commandée. C'était à l'étranger l'arrestation qui fit grand bruit d'un autre soldat perdu que sa forte personnalité avait rendu fameux. Il pouvait révéler dans ses détails la crapulerie manipulatrice dont l'armée avait été la victime. Il se disait capable de tuer le général de ses propres mains tant sa haine était féroce. Les avocats réclamèrent son témoignage (mais il fut refusé). Puis ce fut, recommandée par les avocats, la vente par les familles de tous les biens des accusés, car la peine capitale devenant à la fois proche et probable, il fallait éviter la saisie qui l'assortit. Paul Donadieu avait tenu dans ses mains une liasse de feuillets, son épouse tenait une liasse de billets. C'était ce qui restait des meubles et objets de leur vie. Voilà ce que l'on gagnait à jouer contre celui qui faisait et défaisait les lois et les constitutions.

Intense, dramatique, falsifié, le procès coulait comme un fleuve vers la mer : inexorable. Les journées d'audience s'enchaînaient. La justice mimait ses procédures. Comme si le pouvoir exécutif ne commandait pas tout, comme si la sévérité n'était pas attendue, comme si les juges étaient libres de juger en leur âme et conscience. La défense elle-même jouait le jeu passionnément, espérant après une chimère, ne négligeant ni les chicanes du droit, ni les vérités rocambolesques de l'Histoire, ni le cœur et la passion des hommes. Mais tout allait trop vite. Tout semblait glisser sur les juges comme l'eau sur les canards. Et toujours venaient cette question et ce désespoir : où étaient leurs cœurs ?

S'avancèrent à la barre les témoins à charge : le commissaire, les policiers. Que dirent-ils de plus que toi qui ne cachais rien ? Rien ! Puis ce fut le tour de l'aide de camp du général. Il avait été dans la voiture, pris sous les tirs, à la droite du chauffeur. Il parlait avec passion, tenu, fort bien élevé, mais péremptoire. L'événement se recréait dans son récit. Sa voix avait un léger accent, presque un zozotement. Il ne s'apitoyait pas. Et la charge d'accusation, sous l'effet de son émotion contenue, de son aventure, et de sa rigueur militaire, prenait du poids. De Paul Donadieu, il disait : Cet homme était tellement fou qu'on lui a mis la camisole de force ! Il faisait référence, en l'exagérant, à un surmenage dépressif qui t'avait autrefois affecté jusqu'à devoir être hospitalisé. Il n'avait aucune estime pour toi. Plus tard, il dirait même que tu étais prétentieux, incapable d'écouter le moindre conseil, si sûr de toi que tu avais mené ton commando à l'échec. Il y avait une certaine vérité dans l'idée que tu avais l'arrogance intérieure que donne la réussite. Ce témoignage décidé laissa à désespérer de la clémence des juges. Mathilde en écoutant cet homme inflexible avait le cœur serré.

Puis, comme ton frère un jour le raconterait, tout le malheur du pays entra comme un tourbillon de vent dans la salle d'audience. Les victimes de l'Histoire étaient venues pour toi qui avais voulu leur rendre justice et dignité. Les témoins de la défense racontaient ce que leurs yeux avaient vu. Ils avaient quitté leur pays, traversé la mer, laissé leurs morts sur la Terre du Sud. Les pleurs, parfois, arrêtaient leur voix. Il y avait des veuves, des gens qui attendaient leurs enfants enlevés, des enfants qui cherchaient leurs parents morts ou disparus, des militaires qui avaient jeté l'uniforme, des indigènes qui tressaillaient encore des tortures auxquelles ils avaient échappé et qui avaient fait mourir leurs camarades. Il y avait des rapatriés qui arrivaient des premiers camps. Toutes les communautés étaient représentées. Leur essaim maudissait le grand général responsable de ces traitements inhumains. Puis le caporal Touzin prêta serment à la barre avant de raconter ce qu'on avait demandé aux militaires. Le capitaine Barrès rappela les promesses de Jean de Grandberger lorsqu'il s'asseyait à la table des officiers. Personne ne l'obligeait à mentir ! insistait le jeune officier. Personne ! Il n'avait qu'à expliquer ! Pourquoi avoir préféré tromper toute l'armée ? Lorsque ces questions étaient en suspens, tu posais sur tes juges un regard calme et perforant. Le capitaine avait salué, remis son képi sur la tête, puis s'était éloigné en te faisant un sourire. Alors, messieurs, que trouvez-vous à dire pour sauver le parjure ? disaient tes yeux. Les juges ne te regardaient jamais. Jamais ! Tant d'écho de tant de souffrance passait sur eux comme une brise tamisée par leur indifférence. Le séisme moral dont ce procès faisait bruire les victimes leur était imperceptible. Ils ne voulaient pas voir, pas entendre, pas penser ; ils voulaient condamner. Il leur fallait requérir et obtenir la mort.

Alors le réquisitoire te mordit. Comme si tu n'avais rien dit pour ta défense, comme si la souffrance de tous ces gens n'était pas venue plaider les circonstances atténuantes et adoucir les juges. Enfin quoi ! pensaient tes avocats, ce drame de l'Histoire n'avait-il pas de quoi faire perdre la tête à un juste ? La colère n'était-elle pas légitime ? compréhensible ? pardonnable ? Tel était le sujet ultime : méritais-tu les circonstances atténuantes ? En somme, échapperais-tu à la peine de mort ?

Le procureur commença à parler. Se donnait-il du mal ? Etait-il un incapable ? un crétin choisi pour cette raison par le pouvoir ? Son réquisitoire faisait peine à entendre ! Pour l'occasion, les bancs du public étaient plus encombrés. Des avocats étaient venus en visiteurs, curieux d'écouter ce morceau fatal. Maintenant ils secouaient la tête d'un air réprobateur. Tout de même ! Tout de même ! Le ministère public méritait d'autres ambassadeurs. Tant d'indigence de la part de celui qui requérait la mort d'un homme était indigne. Les qualificatifs qu'il employait à ton sujet étaient venimeux et bas, impropres à dire qui tu étais et ce que tu avais entrepris. Tu pensais qu'en tout cas ce petit avocat général n'avait pas à vous juger. Votre sens moral ! Qu'en savait-il, ce pauvre esprit ? Il n'était pas votre confesseur !

Puis ce furent les derniers jours. L'ultime voix était celle de la défense. Trois plaidoiries devaient sauver ta vie. Tu les écoutas. Tu les commentais même. Il t'arrivait de récuser. Je vous récuse ! disais-tu à l'avocat. Tu riais. Quel homme étrange tu étais ! Tu avais un esprit d'ingénieur : toujours occupé de vérité objective. Et tu semblais ne pas réaliser ce qui se passait. Tu te comptais pour rien. Etait-ce la trace ancienne de la mort de ta mère qui avait imprimé en toi le sens de la perte ? ou le poids d'une très vieille tristesse, enfouie, et pesante jusqu'à la destruction ? Tu allais au sacrifice sans plainte, sans résignation, vigilant, dans la plénitude de ta personnalité.

4

Le premier avocat parla de la mort par balles. De quoi s'agissait-il en réalité ? On prenait un homme sain et vivant, qui pouvait même être jeune – comme cela s'était vu récemment –, on lui transperçait le corps, c'était l'hémorragie interne et la mort. Cela s'appelait une justice. Y avait-il vraiment une justice qui tue ? demandait le défenseur. Et il semblait dire aux juges : Arrêtez-vous ! non ! ne faites pas cela ! Car vous seriez les meurtriers de cet homme. Et nous avec vous, responsables de ce verdict irrémédiable, car nous les avocats, et vous, les juges, ensemble nous sommes la justice. *Et celui qui juge absolument se condamne absolument.* Comment ne pas citer là le grand Hugo ?

Le second avocat parla de toi. C'est un homme que l'on juge, disait-il, et puisque juger est si lourd, il convient de le faire avec soin. Il fallait donc comprendre ce qui avait animé ton âme. Paul Donadieu. Comment s'était fabriqué ce caractère ? Tu t'étais abîmé dans la tourmente d'une souffrance qui n'était pourtant que celle des autres. Tu avais été habité par une tragédie qui n'était pas la tienne. Tu étais noble et pur, animé d'un esprit de compassion. Tu avais aimé. Tu avais refusé de te fondre dans la foule indifférente, de vivre au jour le jour ton existence heureuse, de subir la propagande. Tu pensais à ceux qui perdaient tout ce dont tu jouissais. Comment vivre et s'amuser quand d'autres connaissaient la mort, l'exil, la torture ? La source de ton action, c'était l'écho en toi de la douleur des autres. Qui oserait dire que tu étais un profiteur ou un arriviste, un usurpateur ?! (C'étaient les mots de l'avocat général.)

Puis le dernier de tes défenseurs s'avança, qui était célèbre déjà, qui avait sauvé des têtes. Engagé sur le chemin de résistance où tu t'étais fait prendre, il était honni par Jean de Grandberger. De la loi à quoi il avait consacré sa vie, il connaissait les replis, les détours, les faux-fuyants, les trappes. Il savait l'effet de ses effets. Il avait défendu les indéfendables de ces temps tourmentés. Il parla très longtemps. C'était le soir. La solennité le tenait. Les accusations si basses de l'avocat général l'avaient armé. Il connaissait de près ce pouvoir qui donne des ordres puis retourne sa veste, qui couvre des violences inouïes, des dénonciations, des perquisitions, des rapts, des exécutions d'otages, et qui organise des fusillades de civils dont jamais l'Histoire ne dénoue les sources. C'était ce pouvoir-là que tu avais combattu, pour la loyauté et non pas pour l'intérêt. Alors l'avocat voulait que justice te fût rendue. Et il reprenait tout cet ensemble de faits, avançant les idées comme des pions, pour manger l'accusation peu à peu et qu'il n'en restât rien. Tortueuse partie de parole ! Il connaissait l'Histoire et son client. Comme tant d'autres héros avant toi, tu t'étais dressé, prêt à combattre tout ce réseau de vilénie. Il criait dans la salle silencieuse, épouvantée, abasourdie.

Oui, son client était impressionnable ! Mais il avait de quoi être impressionné.

Oui, les péripéties de ces temps étaient innombrables, et graves, et violentes.

Et il évoquait ton cœur naïf. Personne dans ta famille, pendant ton enfance, ne t'avait enseigné à te méfier d'une parole politique. D'ailleurs le général était-il un homme politique ? Bien sûr que non ! Il était un héros, l'homme de l'Histoire. Et tu avais senti une dévorante déception : après la joie et l'admiration, le doute, puis l'amour déçu, la haine.

Oui, les mots *offrande* et *sacrifice* appartenaient à ton vocabulaire intérieur. Alors, quand le Comité militaire clandestin t'avait contacté, tu t'étais levé et tu avais dit : Je suis prêt. Et tu l'étais. Et tu étais allé jusqu'au bout. Entrer dans le mouvement de résistance était l'aboutissement d'un chemin personnel. Mais qu'on ne vînt pas dire que tu voulais tuer. Si tu l'avais voulu, à cette heure Jean de Grandberger serait mort.

L'avocat s'adressa à chacun des juges, dans le creux de son cœur, d'homme à homme, afin d'exhorter ce cœur à une clémence dont l'Histoire et l'avenir lui sauraient gré. Car le prix de la paix, c'était toujours le pardon. Et quel juge, certain de cela, pouvait prononcer une peine irrémissible ?

Ils avaient fini et Mathilde sut qu'ils avaient perdu. Les juges délibéraient mais elle pensait que les avocats avaient échoué à les atteindre. Il était impossible de savoir comment ou pourquoi, mais leurs propos n'avaient pas été entendus. On ne rompt pas aisément le pacte indigne de la Justice et du pouvoir exécutif. La sonnette rameuta la salle égaillée dans l'attente du verdict. Les accusés attendaient leurs juges. Pendant le procès, tu ne t'étais jamais levé pour leur entrée. Ces magistrats de pacotille, les marionnettes du bon plaisir, ne méritaient pas ton respect. Cette fois, tu étais debout. C'était peut-être au verdict ou même à ton courage que tu rendais hommage. Le silence dans la salle était celui du deuil. La mort était une présence. On l'avait fait venir. Les cinq hommes entrèrent, visages lugubres et clos sur le secret de la sentence. L'un d'eux était si pâle : son épreuve disait celle qui se profilait. Toujours le silence était la pensée du pire. Alors le président commença de lire le verdict. Le tribunal n'avait pas trouvé de circonstances atténuantes ! Cette phrase d'emblée signait la mort, dont l'annonce suivit de près : condamné à la peine capitale, tu serais dégradé, privé de tes décorations. Tu haussas les épaules. Tes complices les plus proches le seraient aussi. Tu hochas la tête comme si les vendus ne dégradaient pas les officiers. Une rumeur de réprobation gronda du public. Ce procès était un scandale, ce jugement un maléfice scabreux ! Ah ! Une femme hurla. Pure, elle croyait que pas un militaire ne pointerait son fusil sur ces hommes-là ! Et pourtant, pensait son voisin sur le banc, et pourtant, regardez, madame, il vient de s'en trouver pour les condamner ! Assassins ! criait-elle au jury. Assassins ! Le mot enflait, distinct, après le silence. Bourreaux ! cria une autre. Les cris, les clameurs ne sont rien, disait Jean de Grandberger quand il était embêté par le peuple. Peut-être les juges à cet instant s'accrochaient-ils à ce propos. Car ils n'eurent pas un regard franc, pas un mouvement du visage, qui témoignât qu'ils avaient entendu ce cri d'accusation.

Tu décrochas tes décorations. Ton avocat les serrait dans sa main. Croyait-il encore pouvoir un jour te les rendre ? Mathilde était près de toi, tendue comme une corde vivante. Tu souriais, de ce sourire plein de rêverie parce qu'il était de toi, et de tendresse parce qu'il était pour elle. Mais bientôt ta femme ne fut plus près de toi. Autour de vous la salle s'était vidée. Les lumières allaient s'éteindre. Les condamnés étaient emmenés. Un petit fourgon, celui des condamnés à mort, s'était rangé à côté du car grillagé. La nuit était pleine, noire et glaciale. Tu montas dans le petit fourgon. Tu allais rejoindre le quartier des exécutions capitales. Le long procès était terminé. Tu n'aurais plus jamais la parole, et la tartuferie s'achevait en tragédie.

5

Mes amours, mes petites reines, mes anges ! Mes joyaux ! Tu t'émerveillais. Dans tes bras, tu étreignais ensemble tes trois fillettes, sous les yeux de leur mère qui s'efforçait de sourire quand elle avait seulement envie de pleurer. Puis tu les pris l'une après l'autre, chacune à son tour blottie tout contre toi, de sorte que ta force envahît le petit corps heureux, serré à étouffer, laissant jaillir un rire de plaisir : papa était fort comme un arbre. Toi l'arbre, tu respirais leur parfum d'enfant propre, ému par la douceur de leur peau claire et leurs jolis cheveux soyeux. Tu les caressais. Tu avisais la perfection de leurs petites oreilles, leurs tempes si fragiles, leurs sourcils légers (toi tu en avais de si épais !). Tout semblait admirablement dessiné par les mains d'un artiste, et tu croyais avec ferveur que Dieu était ce génie. Edith, Marie, Ania. Elles étaient tes merveilles, tes soleils, tes fées d'amour. Comment t'en rassasier ? Comment t'en trouver privé ? C'était ton sacrifice au Vieux Pays. C'était le prix de ton honneur de soldat : au-dessus de la famille, il y avait la Patrie. Au moment de s'embrasser, cette préséance était cruelle.

Tes filles étaient là, à qui la justice avait accordé dix minutes ! Pour la dernière fois de ta vie, tu pouvais les voir, les toucher, et leur dire ton indéfectible amour. Elles ne savaient pas encore que cet amour manquerait toujours. Et tu l'ignorais toi aussi, comme Mathilde, puisque poussés par le monde qui ne pouvait croire qu'à ta grâce, vous y croyiez aussi. Afin de rassurer ton épouse, tu disais : Je n'ai tué personne. Je n'ai pas de sang sur les mains. Je n'ai même pas tenu d'armes. Comment deviner que le héros, le général d'armée, de cela comme d'une lâcheté te ferait reproche ? Tu avais écrit à Mathilde : Nous sommes entre les mains de Dieu. Pour cette fois les mains de Dieu étaient celles de Jean de Grandberger. Oserait-il refuser l'indulgence ?

Les fillettes riaient dans la joie de revoir enfin leur père après ces mois d'absence. Tout un automne et le début d'un hiver t'avaient amaigri. Elles ne voyaient que la douceur des embrassades. Elles portaient de petits gilets boutonnés à col rond, que tricotait leur grand-mère, et sous lesquels bouffaient leurs jupettes de flanelle. Dans les collants de laine, leurs jambes potelées comme l'enfance, bien faites et gracieuses, dansotaient avec énergie. Car elles étaient dociles mais vivantes, ces enfants. Une bienveillante amie avait fait des tresses à Edith, qui sautillait et secouait la tête pour les faire se soulever comme celles de Fifi Brindacier. Tu connais déjà Fifi ! s'émerveillait le père. Edith opinait fièrement. Elle était la grande fille de son père qui attendait tellement d'elle, et à qui elle voulait faire plaisir.

Elles étaient des petites filles polies, sages et gentilles, qui avaient toujours été joyeuses et choyées, dans une famille où elles découvraient l'exigence avec le réconfort, trouvant à la fois un nid et un cap. Et voilà que du jour au lendemain, avec une soudaineté inexplicable, elles avaient connu la tristesse, l'attente, l'inquiétude. Où est papa ? Quand va-t-il revenir ? Pourquoi ne pas aller le voir ? Elles posaient des questions auxquelles leur mère avait choisi de ne pas répondre avec la vérité. Papa était malade. Papa devait rester à l'hôpital. Au parloir, avec la petite dernière, pour expliquer cette vitre qui séparait l'enfant et le père, Mathilde disait : Papa est contagieux, on ne doit pas le toucher. Dispersées chez les amis, les filles avaient attendu. A la maison, elles guettaient le soir un pas dans les graviers du jardin, faisant une prière pour que leur père guérît et leur revînt. Et le temps était passé sans que papa réapparût.

Ta condamnation transformait cette séparation en tragédie inacceptable. Tu avais supplié que te fût accordé un moment familial. Le doyen des juges d'instruction avait proposé de recevoir les enfants dans son bureau au Palais de Justice, moins sinistre que la prison. Les menottes t'avaient été enlevées. Tu attendais derrière le bureau du magistrat, debout, le sourire aux lèvres. Le mensonge essayait de protéger le dernier bonheur. Les petites filles sautillaient autour de toi, comme si tu étais un magicien. Tu étais un magicien. Il est beau, le bureau de papa ! s'exclamait Edith, tandis que sa sœur cadette s'étonnait de tant de policiers qui surveillaient partout. Comme elles étaient jolies, ces trois petites orphelines ! Elles ne verraient plus jamais le visage de leur père, mais cela c'était encore un grand secret odieux enfermé dans la tête d'un vieil homme. Nul ne devinait le secret, car nul n'avait pris la mesure de l'orgueil et de la rancune. Chacun prévoyait l'humanité du souverain. Le clan des lâches et des serviles en avait même fait une raison de condamner sans scrupules. Quel grand homme permettrait que soit exécuté, de sang-froid, pour la justice ou l'exemple, un père de trois fillettes et qui n'avait tué personne ?

Tu t'étais agenouillé afin de leur parler à l'oreille. Tu disais toutes ces petites choses que l'on dit aux enfants. Travaille bien à l'école. Je suis fier de ma grande fille. Il paraît que ma petite chérie fait des dessins de plus en plus jolis. N'oublie pas de faire ta prière. Mon petit doigt m'a dit que tu aimais Princesse (c'était le nom de la chatte des voisins). Sois gentille avec ta maman qui t'aime. Oui, nous serons bientôt tous ensemble. Rassurer et guider, encore une fois tu remplissais ton devoir de parent. Les petites filles saisissaient au vol leurs pensées tourbillonnantes, confiant à leur père le petit souci auquel dans l'instant elles pensaient. A l'école il y a une fille qui m'embête tout le temps ! Tu sais, papa, Edith ne veut jamais me prêter sa poupée Blanche. On n'a plus envie d'être gardées chez Mme Duvivier. Quand est-ce que tu rentres à la maison ? Dis, papa ! Et tu sais, maman pleure tout le temps. Tu lui manques à elle aussi. Et tu n'as pas du tout l'air malade ! disait Marie. Tu chérirais le souvenir de ces petites paroles spontanées. Chut ! faisais-tu. Mathilde était immergée dans la désolation. Elle n'aurait pu prononcer un seul mot. Ce spectacle avait un caractère purement insoutenable. La mort en perspective et trois petites filles. Elle refusait d'y croire mais savait que c'était une chose possible. Par moments, ses yeux souriaient tandis que sa bouche se tordait en grimace. Ainsi était-elle brisée, à la manière de son visage, entre sa volonté et son sentiment. Edith n'avait pas manqué de le remarquer. Quelle peine de voir maman pleurer. Edith, sa grande fille forte, qui devait donner l'exemple, elle enfouirait ce moment au plus profond d'elle-même et jamais n'en parlerait.

Le bonheur des enfants ne devait durer que dix minutes. Comme c'était bref ! Pourquoi dix plutôt que quinze ? Nul ne savait. Le juge revint donc. Déjà, pensas-tu. Quel arrachement peut faire plus de mal à un père ? Il était gêné, le pauvre homme ! Lui aussi s'efforçait de sourire. C'était fou comme tout le monde courait après le masque du sourire. Voilà, c'était fini. Les fillettes devaient se presser de partir. Les gendarmes allaient venir. Finie la pause dans la marche têtue de la justice. Chacune embrassa son père. Quelle tromperie font peser les adultes sur l'enfance ! Aucune, dans son baiser, n'eut la connaissance de ce qu'il était, l'ultime effleurement, la dernière chance de garder l'odeur d'un père, ou l'image de son sourire, la lumière de ses yeux, le mot de son cœur. Elles s'en allèrent sans larmes, obéissantes. La porte se referma sur les trois petites silhouettes marchant à côté de la mère, émouvante comme une jument suitée. Tu restas derrière le bureau. C'était fini, ce bonheur de les regarder ! C'était la séparation et la perte, et la peine irrémissible. En toi se rouvrait la blessure de la mère perdue, lorsque tu t'étais tenu debout devant sa tombe, avec ton petit frère, et à côté de ton père. Les larmes, partout les larmes, vous accompagnaient. Tu entendais des bribes de regrets. C'est pas permis, mon Dieu ! Deux petits orphelins ! Comme on vous plaignait alors ! Tu avais perdu ta mère, tu perdais tes filles, tes filles perdaient leur père… Tu pleuras sur tout ce qui était perdu.

Les gendarmes vinrent te chercher. Tu pleurais. Coincé entre tes gardes, mains menottées, tu traversais les couloirs en pleurant. Le silence d'une gêne accompagnait tes larmes. Quel régicide était en larmes ? Ces situations-là n'existent pas ! Quel régicide avait trois enfants ? Quel régicide sans arme avait été condamné ? Tu ne ressemblais à personne. Tu regagnas ta cellule dans le quartier des CAM. Ainsi parlait le personnel pour ne pas prononcer les horribles mots.

6

Le mot *grâce* devint le plus beau du monde. Le bonheur des tiens s'y suspendait. Tu refusas de demander son indulgence au traître que tu voulais juger. Tes avocats s'en chargeraient comme d'une procédure ordinaire.

Jean de Grandberger avait beaucoup pavoisé dans l'émotion suscitée par le guet-apens. L'extraordinaire événement avait été annoncé et repris par la radio et la télévision. Mais, pendant le procès, personne n'avait soufflé mot du grand affront que faisait ta déclaration. Le chef de l'Etat t'avait passé sous silence comme une péripétie négligeable en même temps qu'il œuvrait, dans l'ombre, pour serrer l'étau de sa justice sur mesure. La peine, elle, ne serait pas négligeable. Jean de Grandberger était la honte du Vieux Pays, répétais-tu. Tu parlais de ce qu'il faisait aux autres. Tu n'espérais ni sa bénédiction, ni son absolution. Comment accepter de lui devoir la vie quand tu ne renonçais pas à lui dérober le cœur de la sienne ?

D'autres imploraient pour toi : tes frères, ton épouse, tes avocats. Voilà à quoi tenait la dernière effervescence d'une famille autour de son enfant conjuré : amadouer celui-là même qui avait été sa cible ! Chacun, dans le secret de lui-même, se perdait en conjectures, espérant découvrir dans le chef charismatique et autoritaire une fibre de clémence. Difficile exercice ! Les signes étaient divers. L'homme venait de gracier deux indignes de la dernière guerre. Un banquet était organisé la semaine suivante au Palais, où étaient conviés l'ensemble des juges des tribunaux d'exception. Allait-on fêter des exécutions ? Non, c'était impossible ! pensait Mathilde. N'importe quelle idée était commode pour éprouver l'apaisement : qu'enfin s'interrompît cet écrasement de l'être par l'idée de la mort. L'amour et l'espoir nouaient une crédulité déboussolée.

Pourtant le bonheur s'était éteint comme une bougie qu'une bouche vient souffler. Dans ta ville natale, ton jeune frère fit signer une pétition. Quelle déception ! Pas plus de trente signatures ne s'offrirent, lesquelles au lendemain de la générosité dont elles témoignaient prenaient peur devant les intimidations du pouvoir et se rétractaient. Ton frère, dans une stupéfaction désolée, brûla le document qui lui attirait déjà les foudres des services secrets. Comme les hommes étaient lâches et oublieux, si peu fidèles ! Et dans quel pays viviez-vous ! pensait-il. Tu avais été le seul à t'en apercevoir ! La confirmation que les événements présents apportaient à tes déclarations était une souffrance de plus. Tu étais condamné pour avoir vu clair dans le jeu et les méthodes de l'Etat ! Et tu avais risqué l'enchantement de ta vie pour en enrayer la dévastatrice mécanique. A cette idée ton frère murmurait ton prénom, avec tendresse, avec regret, avec admiration et humilité. Paul. Paul. Tu avais perçu ce que tout le monde se cachait. Tu avais refusé la soumission à laquelle tous se pliaient. Tu avais tenté ce que nul n'osait. Tu avais défié Jean de Grandberger jusque dans un tribunal. Tu avais refusé de céder à la dictature de sa vision.

Alors il ne fallait pas rêver ! Comment le recours pouvait-il être reçu par un pouvoir qui semait l'indifférence dans le cœur de tes compatriotes ? Tu lésais une majesté dont l'aura s'éparpillait sur tout le pays. Le pessimisme devenait simple bon sens. Jean de Grandberger n'avait pas l'intention d'accorder sa grâce ! Il ne pouvait accepter ni ta clairvoyance, ni ta voix qui s'élevait. Il voulait ne plus jamais t'entendre. Tu devais mourir avant lui. Il avait incliné à l'indulgence quand il te prenait pour un crétin. Mais au fil du procès sa sévérité s'était forgée. Ta longue déclaration avait tout changé ! Jusqu'à quel point en avais-tu eu conscience ? Tu avais chevauché la vérité comme une monture qui t'amenait au poteau d'exécution. Jean de Grandberger serait inflexible et spécieux : son image était menacée, il dirait que le pouvoir l'était. Et il assouvirait le désir impérieux de t'éliminer. Aucun balancement en lui, aucune autre crainte que celle de t'entendre encore, une hostilité sourde qui se voilait derrière la raison d'Etat, une rancune personnelle. La vieillesse n'est pas inoffensive quand elle prétend s'imposer et durer dans le monde. Elle lutte avec une dureté qui n'a d'égal que son dépit de la jeunesse perdue. Le vieil homme était enfermé dans sa grandeur, fortifié par des convictions, debout, réprobateur : dans l'inhumanité de la gloire. Au nom de lui-même il n'était pas magnanime. Un monstre froid s'était incarné. Son entourage lui avait déjà arraché trop de grâces, cette fois il n'écouterait personne ! D'ailleurs il comptait bien hâter le train des choses.

Tout de même tu fis parler. Il fallait trouver des excuses à cette exécution qui ressemblait à un crime. Alors on disait que tu ne voulais pas être gracié. Ta cause en aurait perdu sa vérité et sa portée. Vivre était pour toi une concession qui aurait détruit ton action. Au lieu de devenir un héros (en mourant), tu devenais (en vivant) un type qui s'était trompé et qui était en prison. Il était donc dans ton intérêt de mourir ! La pirouette était pratique. On aurait pu te gracier malgré toi. Mais non, avec son air de ne pas y toucher, Jean de Grandberger prenait ta mort très à cœur. Pirouette d'Etat. Le conjuré lui-même ne s'immolait-il pas à sa cause en parlant comme il l'avait fait ? commentaient les courtisans, qui analysaient la stratégie qu'ils imaginaient ! Sa mort était le sacrifice par lequel il espérait tacher à jamais dans l'Histoire l'image du général de Grandberger. L'accusé ne demandait ni grâce ni pardon. Il demandait à mourir. Voilà, c'était dit ! Les difficultés que posait ton exécution étaient réglées.

Il fallait à tout prix justifier ta mort : on fit comme si on te l'accordait. Jean de Grandberger le comprenait bien ainsi : Paul Donadieu était un martyr volontaire à qui laisser la vie serait prendre l'honneur. Pauvre garçon ! On ne va pas lui faire une chose pareille, tuons-le au plus vite, c'est ce qu'il veut ! D'ailleurs le Vieux Pays adore les martyrs, il lui en faut de temps en temps, celui-là fera très bien l'affaire. Ces contorsions abstraites se disaient, s'écrivaient, se répétaient de ministère en ministère, dans le halo de gloire qui émanait du général. Ces raisonnements faussement subtils cachaient dans le nid de tes valeurs, qu'on avait perverties, l'œuf de vengeance que couvait Jean de Grandberger. L'œuf qui réclamait ton silence éternel.

7

Maître Dulin s'apprêtait à intercéder. Il aurait droit au quart d'heure dans le bureau présidentiel pour plaider la cause de son client. Le pouvoir conservait ses formes à la justice. La dernière chance tenait à quinze minutes pour toucher un cœur et lui faire découvrir une raison de se montrer magnanime. Monsieur le président. Il fallait commencer par ces mots, et continuer, percer la carapace ombrageuse que tes déclarations avaient hérissée de rancune. Monsieur le président, j'ai l'honneur de vous demander… C'était cela, présenter le recours en grâce. Il fallait tailler un chemin à l'indulgence dans les ronces d'un esprit qui était sûr que les crimes appellent les châtiments. Maître Dulin voulait dire aussi : Mon général. Il voulait s'adresser au général plus qu'au président. Car le militaire pouvait être sensible et épargner la vie d'un accusé qui avait cru sauver la Patrie. Il fallait réveiller l'officier supérieur qui avait autrefois défendu le territoire national et osé, un jour devenu jour de gloire, désobéir à son ancien protecteur. Le général de Grandberger pouvait entendre ce mot *Patrie* et déceler qu'il partageait avec le jeune conjuré la passion du Vieux Pays. N'étaient-ils pas jumeaux par ce dévouement qui allait jusqu'au sacrifice de soi ? Le mot *jumeau* bien sûr n'était pas à prononcer. Les dominateurs n'ont ni frères, ni jumeaux.

Au général rebelle d'autrefois, l'avocat voulait parler de l'honneur. Le procès n'avait-il pas négligé cette valeur qui se perdait ? Paul Donadieu n'était ni un bandit, ni un assassin, ni un intrigant ou un usurpateur, mais une âme exaltée – qui avait été l'âme du complot – dont les intentions étaient droites. Ah ! soupirait Maître Dulin. Comment faire admettre de telles choses à celui que visait cette droiture ?

Si le grand homme demeurait sourd, insensible à l'oraison, il resterait à le placer devant la gravité de sa décision. En son âme et conscience, pouvait-il tuer un père et un époux ? Car c'était de tuer qu'il s'agissait ! L'avocat n'éluderait pas cette morsure. Il s'accrocherait. Oh oui ! Il n'avait peur de personne. La mort d'un homme vaillant, paraphée par un vieillard, était une cruauté indécente. Que valait-on si l'on ne se battait pas contre ? Mon général, pouvez-vous condamner le jeune père de trois petites filles, et faire de sang-froid une veuve et trois orphelines ? Cette question était perforante. Maître Dulin ne craignait pas de la poser. Et de dire à Jean de Grandberger ce que nul n'évoquait, pas même son confesseur : Votre religion vous le défend !

Mais le général séparait bien la religion et l'Etat. Il écouta le défenseur, impénétrable, gardant le silence et regardant ses petites mains blanches, à peine gêné pour mentionner qu'il prendrait conseil. Oui, les plus hauts magistrats l'assisteraient. C'était par une procédure qu'il répondait à la religion, par une méthode qu'il contournait le cas de conscience. Et sur cette réponse évasive, Jean de Grandberger termina l'entretien. Monsieur, je vous remercie, dit-il à l'avocat. Il était rancunier mais jamais impoli, et sa courtoisie prenait parfois une tournure cruelle ou impertinente. Comment déjouer pareils tours ? Monsieur, je vous remercie. Le général de Grandberger n'aurait pas d'autre mot. Le silence était le tabernacle de sa vengeance. Je vous remercie mais je sais ce que j'ai à faire. Sa décision était prise : les crimes de lèse-nation méritaient un exemple. Et voilà d'ailleurs qui arrangeait bien son amour-propre.

Maître Dulin quitta le Palais accablé. L'indifférence du souverain était aussi choquante que funeste. Comment oser tant de majesté sereine quand il s'agissait de faire exécuter un homme qui n'avait pas la moitié de son âge et qui n'avait tué personne ! Il y avait dans ce drame un paroxysme de l'injustice. Comment Jean de Grandberger se trouvait-il à la fois victime et accusateur ? Et personne ne parlait de cette hérésie ! Pas un seul juste pour s'élever contre cette ignominie à laquelle se prêtait la justice de ce vieux et grand pays ! Comme on oubliait vite les tribunaux d'exception et les magistrats nommés par décret ! Oh ! les courtisans évoquaient volontiers les scrupules de leur maître. Mais où se cachaient donc ses nobles sentiments ? pensait l'avocat. Leur influence était aussi invisible qu'inexistante. D'autres, en d'autres temps, dans les mêmes circonstances, visés sans être touchés, avaient gracié. Cela se faisait donc. Jean de Grandberger ne l'ignorait pas. Mais il n'agissait qu'en lui-même, différent, un grand homme d'Etat pensait-il, qui ne craignait pas une justice sans recours et une exécution dans la foulée.

Dans l'entourage du souverain, les cœurs allaient à la grâce. Le sien, qui montrait plus de rigueur, faisait taire son monde. Les ministres qui s'étaient acharnés pour d'autres affaires courbèrent devant celle-ci. Grandberger dressa la liste des arguments qui justifiaient sa décision de faire exécuter le condamné. Il suffisait de la répéter. Ce que firent les courtisans. Le général, disait-on, pensait d'abord à sa femme. Charlotte de Grandberger avait couru un grand danger, elle qui n'avait rien à voir avec la Terre du Sud et ce que promettait son mari. Est-ce qu'un homme d'honneur tire sur une voiture quand il sait qu'une femme s'y trouve ? Le président pensait aussi à l'automobiliste que le convoi avait manqué percuter. Est-ce qu'un militaire fait tirer sans se mêler à l'action, au milieu d'une rue sans s'assurer que la place est nette ? Il y avait trop de lâcheté dans cette embuscade. Quand on veut tuer le chef de l'Etat, on risque sa vie et pas celle des autres ! Jean de Grandberger savait donner des leçons. Et dire que des étrangers avaient été mêlés à l'embuscade ! C'était une frivolité impardonnable. Jean de Grandberger savait jouer les indignés. Et puis il se moquait. En plus de tout ils tiraient comme des cochons ! répétait le général. Foutus tireurs et foutu chef ! Il n'a même pas tenu une arme ! Voilà ce que disait Jean de Grandberger à ses collaborateurs. Par extraordinaire, ils s'en contentaient. Un homme qui n'avait tué personne et qui ne savait pas tirer, et qui ne tenait qu'un journal, méritait doublement de mourir !

Jean de Grandberger était devenu cet intouchable de l'Histoire pour qui des contorsions extravagantes seraient faites, de sorte que toujours il marquât le point, eût la belle image et l'avantage. Voilà qu'il se trouvait juge et partie dans une vilaine affaire, lui qui avait écrit qu'on ne pouvait pas l'être. Voilà qu'il allait refuser sa grâce à un homme qui n'avait désiré que le juger. Viendraient même des historiens pour dire que Jean de Grandberger n'aimait pas la peine de mort. Sous son gouvernement le nombre de grâces serait supérieur à tous les autres ! Et le nombre de condamnations ? Celui-là, on n'en dirait rien.

Charlotte de Grandberger avait-elle adjuré son mari d'accorder sa grâce ? La question subsistait. Elle avait peut-être dit quelque chose. Ils étaient restés silencieux tous les deux après cette intervention délicate. Le vieil époux malin avait eu la finesse de ne pas rétorquer pour cette fois son habituel : Laissez, Charlotte, je suis assez grand pour savoir ce que j'ai à faire ! Non, il n'avait rien dit. Sa décision était prise. Ce jeune insolent ne lui survivrait pas. Il n'aurait pas le dernier mot. Il n'aurait pas la chance de parler après que la mort aurait scellé les lèvres du général. Jean de Grandberger ne pouvait en décider autrement. Il méprisait l'avis de son épouse autant que celui des autres. Et comble de l'ironie, il faisait d'elle le motif de sa sévérité ! Pauvre Charlotte : instrumentalisée par son dieu et priée de ne pas s'en plaindre. Comment pardonner à celui qui l'avait mise en danger ? répétait son mari. Elle ne demandait pourtant rien. Elle avait peut-être le cœur de penser à cette jeune femme qui avait écouté la sentence sans fléchir et qui allait perdre son mari. Y avait-il quelque chose de pire pour une femme que de perdre son mari ? pensait Charlotte de Grandberger. C'était ce qu'elle craignait le plus. Et voilà que Jean faisait le chevalier vengeur ! Paul Donadieu serait fusillé, et le plus vite serait le mieux.

Trois petites filles et une jeune femme, il y avait longtemps que le vieillard, gorgé de politique et d'ambition nationale, le regard porté loin dans l'avenir et le monde, en avait oublié la douceur. Que pesait la vie d'un homme face au destin d'un pays, à la souveraineté d'un chef, à l'unité restaurée ? L'exécution fut ordonnée pour le lundi. Le verdict datait du précédent mardi. En cette matière, l'expérience avait enseigné à Jean de Grandberger qu'il fallait tuer immédiatement. Sinon, on avait tout le monde sur le dos et l'on n'y parvenait pas.

L'aube était humide et glaciale. Une bruine pénétrante brouillait l'air. La lumière était morte avant de s'épanouir. Le jour était un grand caveau sombre et soumis aux intempéries, où l'eau s'infiltre et suinte, avec un tintement continu de gouttelettes qui font la terre lourde et froide. C'était un temps d'hiver lugubre. Sur tout le trajet du convoi, le paysage était à l'unisson du crime légal qui allait être commis, en catimini, dans les douves d'un vieux château, loin des regards du peuple qu'il était censé protéger, à distance de ceux qui aimaient le supplicié. Des dizaines de cars de police, réquisitionnés depuis deux jours, formaient l'escorte de sécurité. Tant d'hommes pour un seul qui allait mourir ! Ton évasion imaginaire mobilisait encore le pouvoir. L'inégalité du duel était soudain apparente. En prison, tu n'avais fait pourtant que lire, écrire, méditer et prier, exhortant Mathilde à faire de même. La sérénité était en ce cheminement. Tu l'avais trouvée. Réveillé pour l'exécution, tu déployas ton sourire en apprenant que tu étais le seul à mourir. Tu te vêtis d'habits propres, tu fis ton lit et rangeas une dernière fois la minuscule cellule. Tu confias à Maître Dulin la lettre que tu avais écrite la veille pour Mathilde. Ignorant l'avenir si bref que te réservait celui que tu avais défié, tu écrivais : *Ma chérie, nous avons tout le temps de méditer.* La phrase serait terrible à lire pour celle qui tiendrait la feuille. Tu servis la messe. Tu communias d'une moitié d'hostie (l'autre serait portée à Mathilde). Tu prias encore. Puis ce fut l'heure de rejoindre le cortège. Ton corps était sur la terre, ton esprit était ailleurs. Tes défenseurs tentèrent un dernier recours. Trouvant des vices de procédure, ils réclamaient de surseoir à l'exécution. Est-ce que l'on tue un homme dès lors qu'il existe une raison de ne pas le faire ? Mais l'étau de la servilité pactisait avec celui de la vengeance. Le condamné devait être exécuté ! D'ailleurs il ne se débattait pas. Pour lui-même il ne demandait rien. Mais il devait mourir, car les survivants écrivent l'Histoire. Tu ne l'écrirais qu'avec ta mort. Le convoi s'ébranla. Tu souriais, courtois. Une ultime fois soucieux de ta famille, tu la confias au médecin qui t'accompagnait vers le poteau. Dès lors tu fus serein, évadé dans une prière tragique qui t'emportait. Le chapelet liait tes mains. Tu refusas le bandeau. Les soldats du Vieux Pays t'attendaient, en un peloton dont l'origine resterait secrète. Deux officiers avaient successivement refusé ce commandement, qui furent sanctionnés.

Peloton, à mon commandement ! En joue. Armez ! Feu ! Peloton, à mon commandement, arme au pied ! Tu étais jeune pour l'éternité.

On devrait obliger le chef de l'Etat qui refuse sa grâce à assister à l'exécution. Voir mourir l'aiderait à choisir la clémence. Si, à la manière de Jean de Grandberger, il persistait dans la rancune et le jugement absolu, il affronterait du moins la réalité violente que cachent les mots abstraits d'un verdict. Car l'exécution n'est pas symbolique comme la sentence, elle n'est que prosaïque : un corps tombe et se relâche. Mais puisque la procédure fiche la paix au chef de l'Etat, le dimanche soir Jean de Grandberger se coucha. Charlotte était à côté de lui dans le lit jumeau. Le grand homme connaissait la mort et le macabre rituel des aubes où l'on tue. Il savait que chaque homme à son poste ferait ce que le devoir commandait. Un ennemi indigne allait mourir. Peu importait qu'il fût jeune, intelligent, père, et époux. Il avait trop parlé et mal pensé. Il avait défié la grande figure nationale. Il avait fait rire une salle entière et refusé de serrer une main sans ses gants. Il avait dit comment et combien le général Jean de Grandberger avait fait couler le sang du Vieux Pays. Cet homme-là devait mourir.

Le général s'endormit donc. On raconte qu'aucune insomnie ne perturba sa nuit. Quels rêves fit-il ? Quelle fut au matin sa première pensée ? Comment regarda-t-il sa femme qui savait ce qu'il avait ordonné ? Nul ne peut le dire. Mais il vécut ce matin-là. Il déplia un journal et vit que tout était consommé. Il survivait à l'ennemi indigne. Il gagnait une fois encore. Les titres étaient là. *Paul Donadieu a été fusillé*. Le corps du supplicié avait été fraîchement enfoui dans le carré des bannis. Sans témoins. On le rendrait plus tard à sa famille qui pour l'heure était en larmes et en prière.

Une anecdote sombre entacherait à jamais cette exécution menée avec tant d'habile diligence. Ce matin-là, une lettre arriva au courrier présidentiel. Elle avait été postée le samedi par le père du condamné. Le vieil officier plein de malheur pliait sa rigueur et demandait la grâce de son fils. Et c'était son camarade de promotion et son héros, Jean de Grandberger, qu'il adjurait. Les lettres arrivent parfois après la mort. Les affaires d'Etat abritent aussi des affaires personnelles. Les impostures privées s'inspirent et se drapent dans les valeurs anciennes. Nul ne sut quel effet fit à son destinataire cette triste et tardive missive, et l'impossibilité d'y répondre. Où rangea-t-il ce document tragique et ce souvenir honteux ? Le fils était mort ! Jean de Grandberger se préoccupa des grèves naissantes qui perturbaient le pays. Sa cote de popularité n'avait jamais tant baissé.

TABLE

BABEL

Extrait du catalogue

1119. AMARA LAKHOUS
Choc des civilisations pour un ascenseur Piazza Vittorio

1120. EVA GABRIELSSON
Millénium, Stieg et moi

1121. INGVAR AMBJØRNSEN
Elling

1122. WAJDI MOUAWAD
Ciels

1123. AKI SHIMAZAKI
Mitsuba

1124. LAURENT GAUDÉ
Ouragan

1125. CÉLINE CURIOL
L'Ardeur des pierres

COÉDITION ACTES SUD – LEMÉAC

Achevé d'imprimer en juillet 2012 par Normandie Roto Impression s.a.s. 61250 Lonrai sur papier fabriqué à partir de bois provenant de forêts gérées durablement (www.fsc.org) pour le compte d'ACTES SUD, Le Méjan, Place Nina-Berberova, 13200 Arles.
Dépôt légal 1re édition : août 2012.
N° impr. : 122558